참 괜찮은 눈이 온다

참 괜찮은 눈이 온다
나의 살던 골목에는

한지혜 산문

교유서가

개천에 살았던 적이 있다. 비유나 상징이 아니라 진짜 개천이다. 동네 야산에서 흘러내린 내였다. 그 내를 건너는 높은 다리가 있었고, 내와 다리 사이에 편편하고 넓은 터가 있었다. 우리 집은 그 터에 지어진 집이었다. 다리 옆에 놓인 제법 긴 계단을 통해서만 드나들 수 있어서 대문도 없었다. 우리는 그 집을 '다리 밑 집'이라고 불렀다. 계단 바로 아래 있는 주인집 뒤로 객차처럼 꼬리를 물고 다닥다닥 붙은 셋방이 세 개던가 네 개던가 있던 집. 마당 끝에 서면 개천이 보였는데 물이 흐르고 있던 것도 같고, 그때 이미 마른 천이었던 것도 같다. 쓰다 만 소설 어딘가에 묘사한 적이 있는데, 그 또한 정확하지는 않을 것이다. 그곳에 살 때 너무 어렸다.

그래도 몇 가지 기억은 있다. 쌀독에 쌀이 떨어졌던 날, 하얇게 쏟아지는 햇살을 둥그런 등으로 받아내며 마당 한가운데에 주저앉아 울던 엄마의 모습, 옆방 노부부가 내놓은 상에 차려진 음식을 집어먹다가 몹시 써서 퉤퉤 침을 뱉었는데 다음날 그 방 할아버지가 돌아가셨다는 이야기를 들었던 기억, 그 이후로 죽음이라는 단어를 들을 때마다 그전날 몰래 집어먹은 쓰디쓴 음식맛이 혀끝에 올라오던 기억 같은 것들. 좋은 기억도 있다. 여름밤이면 그 집에 사는 사람들이 모두 다리 위에 올라와 돗자리를 펴고 모여 앉았다. 주위에는 다른 집이 거의 없어 온통 캄캄했는데, 손전등 불빛을 비추며 춤을 추거나 노래를 부르다가 엄마 무릎을 베고 누우면 엄마가 쏟아지는 별 사이에서 북두칠성을 찾아줬다. 그게 엄마가 아는 유일한 별자리였다.

두 칸 건넛방에는 나와 같은 반인 여자아이가 살았다. 마르고 까맣고 냄새나고 공부도 못해서 아이들에게 바보라고 놀림을 받던 아이였다. 2학년 때였다. 구구단을 먼저 외운 친구들이 미처 못 외운 친구들을 한 명씩 맡아 책임지고 가르쳐주라는 담임 선생님의 지시가 있었다. 나는 아이들 모두가 싫다고 피하는 그 아이와 자처해서 짝꿍이 됐다. 평소에는 그 아이와 같은 집에 산다는 게 알려지는 것도 싫어 알은척도 안 했는데, 그 순간 왜 그런 선택을 했는지 모르겠다. 아니다. 사실은 왜 그랬는지 안다. 그건 그냥 한마디로 잘난 척이었다. 그때 내가 제일 좋아했던 속담이 '개천에서 용 난다'라는 속담이었다. 나는 내가 용이 될 줄 알았다. 아무리 봐도 그 집에서 나 말고는 용이 될 사람이 없었다. 나는 개천에 살지만 우리 반 누구보다도 똑똑하고 심지어 선하기까지 하다는 그런 '도덕적 우월감'. 그러나 내가 그걸 깨닫게 된 건 그 아이에게 구구단을 외우게 하는 걸 실패하고 난 후였다. 그 아이는 끝내 구구단을 외우지 못했고, 나는 그 아이의 냄새에서 놓여나지 못했고, 끝나지 않은 구원에 진저리치면서 나는 내 행동이, 내 마음이 결코 선한 것이 아니었음을, 그 바탕에 놓인 건 오만과 치기뿐이었음을 깨달았다. 그날 이후, 나는 누구도 함부로 연민하지 않는다.

오래전 이야기다. 이제 나는 개천에 살지 않는다. 용이 되어서 나오지는 못했지만, 용이 되지 못한 것도 아닌 것 같다. 용이, 뭐 사실 별건가 싶기도 하다. 이만큼 사는 내가 아쉽지 않은 건 아니지만 지나온 날을 생각하면 대견하다.

여기에 기록된 글들은 그 시절을 지나며 자라는 동안 내가 본 세상의 풍경이다. 언제 어느 시점에 기록되었든 모두 그러하다. 나는 여전히 세상을 그곳에서 배운 시선으로 읽는다. 그것이 나의 한계이자 또한 나의 고유함일 것이다.

지나고 나면 슬픔은 더러 아름답게 떠오르는데, 기쁨은 종종 회한으로 남아 있다. 슬픔이 지나간 자리에는 내가 버텨온 흔적이 있고, 기쁨이 남은 자리에는 내가 돌아보지 못한 다른 슬픔이 있기 때문이리라. 내가 살아온 자리도 돌아보면 나쁘지 않았다. 그렇다고 그 자리로 다시 돌아갈 마음은 조금도 없다. 내가 살던 개천은 오래전에 복개되었다. 그곳에 사는 사람은 더 이상 없다. 나는 그 사실이 가끔 다행스럽다. ✳

차례

3부 세번째 골목

1부

첫번째 골목

✻

숨어 있기 좋은 책

　기억 속에서 내가 책을 읽고 있는 첫 장면은 식당에 딸린 한 칸 방에 있다. 버스 종점 옆에 붙어 있던, 동그란 모양의 알루미늄 테이블이 두 개 혹은 세 개가 전부였을 식당이었다. 아빠는 식당 옆 버스회사에 고용된 운전기사였다. 식당에 오는 손님은 아빠의 동료들이 대부분이었다. 낮에는 밥을 팔고, 밤에는 술도 팔았다. 식당으로 들어오는 미닫이문 옆에 조리대와 연결된 창을 내고 오가는 사람들을 상대로 튀김도 팔고 오뎅도 팔았다. 장사는 그럭저럭 됐던 것 같다. 가끔 거지들이 동냥을 하러 왔다. 그때마다 엄마가 어찌나 매몰차게 내쫓았던지 행색 기괴한 거지보다 엄마가 더 무서웠다. 식당 안쪽편에는 엉덩이 하나 붙일 정도의 마루가 딸린 방이 있었다. 그 방에서 여섯이나 되는 식구가 함께 살았다.

나는 아직 학교에 들어가지 않은 나이였다. 낮에는 엄마가 장사를 하는 동안 식당 앞 도로변에서 놀았고, 밤에는 숙제하는 언니들 옆에 웅크리고 앉아 책을 읽었다. 그런데 어떻게 책을 읽을 수 있었을까. 국민학교에 들어가서야 나는 비로소 글씨를 배웠다. 그전까지 따로 글씨를 배운 기억이 없다. 그렇지만 그날 나는 분명히 책을 읽고 있었다. 무슨 책이었을까. 모르겠다. 기억나지 않는다. 아마도 붉은 하드커버 표지 때문에 우리가 '빨간동화책'이라고 부르던, 계몽사 〈세계소년소녀문학전집〉 오십 권 중 한 권이었을 것이다. '이솝 이야기' 정도의 짧고 쉬운 이야기가 아니었을까.

저녁 어스름이었고, 어른들은 집에 없었다. 언니들과 남동생 그리고 나만 집에 남겨져 있었다. 장사를 끝낸 시각이라 식당은 컴컴하고 방에만 환하게 불을 켰다. 나는 책을 읽고, 언니들은 엎드려 숙제를 하고 있는데, 누군가 방문을 두드렸다. 문을 열어보니 식당에 가끔 오던 두 청년이 서 있었다. 아빠를 형님이라고 부르던 이들이었다. 어른들은 어디에 갔는지 언제 들어오는지 물었다. 우리는 아무 의심 없이 아는 대로 착하게 대답했다. 심심하겠네, 하며 우리를 가만히 쳐다보더니 그들 중 한명이 갑자기 숨바꼭질을 하자고 했다. 방안에 놀이터를 만들어둘 테니 잠깐만 밖에 나가 있으라고 했다. 나는 읽던 책을 덮고 싶지 않아 싫다고 했고 언니들도 내키지 않아 했지만, 그들은 틀림없이 재미있을 거라며 우리를 밖으로 끌어냈다. 방에서 나오자 식당도, 식당 유리문 너머 바깥도 캄캄했다. 주방과 홀을 가로지르는 배선대에 놓인 접시에서 하얗게 빛나던 양파 조각이 기억난다. 나는 식당 밖으로 떠밀리면서 홀리듯 그 양파를 집어 먹었다. 달고 아삭하고 시원한 맛이었다. 오래전이라 모든 일이 꿈같이 흐릿한데 희한하게도 그 양파맛은 분명하게 기억난다.

　놀이터를 다 만들면 신호를 보낸다던 청년들은 오래도록 조용했다. 지루하기도 하고, 뭔가 불안해지기도 할 즈음 외출에서 돌아오던 엄마가 우리를 발견했다. 왜 밖에 서 있느냐 했다. 숨바꼭질중이라고 했더니 허겁지겁 식당 안으로 뛰어들어갔다. 요 대신 바닥에 깔고 자던 삼단 매트가 서랍장을 가리고 방 한가운데 병풍처럼 서 있었다. 청년들은 보이지 않았다. 우리가 술래였나. 갸우뚱하는데, 서랍장 앞에 주저앉은 엄마가 넋을 놓고 울기 시작했다. 그들이 도둑이었다는 걸, 그때까지도 우리는 전혀 눈치채지 못했다.

　계절이 두세 번쯤 바뀌고서야 청년들이 잡혔다. 범인이 맞는지 확인해달라는 경찰의 요청 때문에 엄마가 우리 사남매를 데리고 경찰서로 갔다. 어린 우리가 유일한 목격자였다. 투명한 유리가 창처럼 가로지른 방이었다. 우리는 맞은편을 볼 수 있고, 그쪽에서는 우리를 볼 수 없도록, 한 면은 거울로 다른 면은 유리로 만든 창 너머로 포승줄에 묶인 청년들이 보였다. 드라마 〈수사반장〉이 인기를 끌던 시절이었다. 그들을 보자마자 가슴이 콩닥거리고 다리가 후들거렸는데, 엄마도 그랬는지 경찰서 밖으로 나오자마자 가슴을 진정시킨다고 애를 썼다.

그 기억 때문일까. 오십 권의 전집 가운데 내가 가장 빠져들었던 책은 『세계명작 추리 소설집』이었다. 「도둑맞은 편지」「네 개의 서명」 같은 짧은 단편 추리물이 수록되어 있었다. 셜록 홈스는 내게 영웅이면서 동시에 라이벌이기도 했다. 나는 책 속에 나오는 사건의 힌트를 가지고 혼자서 홈스와 대결을 했다. 어른이 되면 탐정이 되고 싶었다. 아무도 나에게 장래희망을 묻지 않아서 대답은 못했지만 꽤 오래 가졌던 꿈이다. 탐정이 수수께끼를 잘 푸는 사람인 줄 알았다.

탐정놀이에 시들해지면서 또래 모험가들에게 눈이 갔다. 내게는 즐겁고 활기찬 또래의 모험이 필요했다. 책 속의 모험가들과 함께 집을 떠나 새로운 세상으로 향하는 상상을 했다. 무엇보다도 미지의 세계에서 기다리고 있는 나만의 근사한 집을 원했는데, 아마도 그건 내가 살고 있는 집이, 형편이 슬슬 창피해지기 시작했기 때문이었을 것이다.

어느 날 엄마가 다음에 이사갈 집은 이층집이라고 말했을 때 우리는 매우 흥분했다. 당연했다. 그때까지 우리는 늘 집이 아닌 방에서 살았다. 그것도 단칸방이었다. 그런 우리에게 이층집은 성城이나 다름없었다. 붉은 벽돌을 두르고 초록 지붕을 얹은 집, 이층 창문에 발코니가 놓인 집, 두 개로 맞붙은 견고한 철대문으로 자기만의 세상을 닫을 수 있는 집, 볕 좋은 날 긴 장대 두 개를 세우고 연결한 빨간 줄에 빨래를 널어 말릴 마당이 있는 집. 내게 있어 이층집은 단연코 그런 집이었다. 나는 그런 집 말고 다른 이층집은 알지도 못했다. 그때 나는 한 방에서 여섯 식구가 사는 가난이라는 게 어떤 건지 이해하지 못했다. 아무런 횡재 없이도 단칸방에서 그런 성처럼 우뚝한 이층집으로 아무렇지 않게 건너갈 수 있는 줄 알았다.

그러나 리어카에 실린 짐을 따라가서 만난 이층집은 그런 집이 아니었다. 이층은 이층이었다. 그러나 건물로 된 이층이 아니라 이층 구조로 이루어진 가파른 비탈에 세워진 집이었다. 그 집의 외형을 어떻게 설명하면 좋을까. 이란 영화 〈내 친구의 집은 어디인가〉에 나오는, 그런 벽 속에 갇힌 집이라고 해야 하나. 아니, 그것으로도 충분하지 않다. 절벽에 가까운, 절벽처럼 보이는 벽에 구멍을 뚫고 지은 집이라고 해야 하나. 절벽에 새긴 것처럼 집이 있고, 그 옆으로 경사가 심한 돌계단이 있었다. 그 계단을 밟고 올라서면 아래층 집의 지붕을 마당처럼 펼쳐놓고 지은 몇 개의 방이 나왔다. 그중 첫번째 방이 우리의 새집이었다. 이층집에 대해 상상했던 것 중에 하나는 맞았다. 마당이 있었던 것이다. 그리고 그 마당은 동시에 발코니이기도 했다. 동네 아이들이 길에 서서 나를 부르면 나는 마당 끝에 서서 길 아래에 서 있는 아이들을 내려다볼 수 있었다. 하지만 나는 되도록 그러지 않았다. 오히려 길 아래에서 내가 보일까 숨는 쪽이었는데, 내가 사는 집을 들키고 싶지 않았기 때문이었다.

내가 사는 집은 아무리 생각해도 이상했다. 물론 그보다 더 이상한, 집이라고 하기도 힘든 집에 살았던 적도 있었다. 그렇지만 내가 살고 있는 집의 기괴함, 내가 처한 삶의 비정상적인 상태를 인식한 건 그때가 처음이었다. 그 집의 바로 옆에는 놀랍게도 혹은 공교롭게도 내가 이층집에 대해 상상했던 집과 똑같은 집이 있었다. 리어카 끝에 매달려, 내가 가고 싶었던, 갈 수 있을 거라고 생각했던 집을 지나 내가 미처 상상하지 못했던, 집이라기보다는 벽 같았던 세계로 걸어가면서 느끼던 불안을 기억한다. 그리고 마침내 그 집과 마주친 순간 그 집을 정면으로 바라보던 나의 시선이 사진처럼 선명하게 머릿속에 남아 있다. 아마도 그 순간은 내가 오를 수 없는, 내 힘으로는 벗어날 수 없는, 어쩌지 못하는 세계의 수준을 처음으로 보았던 순간이었을 것이다.

그 집에는 빚쟁이도 자주 왔다. 그것도 싸움 잘하는 빚쟁이들만 왔다. 하필이면 꼭 밥 먹을 시간에만 왔다. 갚을 돈은 늘 없었고, 조금만 더 기다려달라고 부탁하면 티브이라도 가져가야겠다며 코드를 뽑기도 했다. 언제부터인가 엄마는 빚쟁이들이 오면 집에 없는 척했다. 구석에 숨어서 우리만 내보내 엄마 없다고 거짓말을 하게 했다. 싸움 잘하는 빚쟁이들을 상대로 하는 거짓말이 쉬울 리 없다. 느이 엄마 숨은 줄 뻔히 안다며 퍼붓는 욕 한 바가지를 먹고 있으면 가슴이 떨리다못해 발끝까지 저렸다. 그래서 나중에는 빚쟁이가 오면 우리도 함께 숨었다. 없는 척하면 속을 줄 아느냐 소리를 지르면서도 방문을 열어젖히는 빚쟁이는 없었다. 무서움을 누르느라 숨어서 책을 읽었다. 얼른 가라 얼른 가라 주문을 외우며 책을 읽다보면 거짓말처럼 모든 소리가 사라졌다. 책을 읽기 시작하면 주위의 소리를 전혀 듣지 못하는 것도 그즈음 생긴 버릇 같다. 귓구녕이 처먹었느냐, 바로 옆에서 부르는 소리를 어찌 못 듣느냐 책을 읽다 말고 난데없이 등짝을 맞기 시작한 것도 그 집에서부터 일어난 일이었지 싶다. 일부러 그런 적은 없었다. 정말로 들리지 않았다. 아무 소리도 들리지 않았다. 빚쟁이 목소리도, 엄마의 잔소리도, 화가 난 아빠가 밥상을 엎는 소리도 들리지 않았다. 그 고요가 좋아서, 모두가 있는 세상에서 아무도 없는 세계로 들어가기 위해 나는 하루종일 책만 읽었는지도 모르겠다.

그렇다고 해서 그 집에서의 내가 내내 우울과 좌절에 빠져 있던 것은 아니다. 나는 고작 아홉 살이었다. 뛰어놀다보면 즐거웠고, 미래는 내게 무게감 없는 내일이었다. 성장에의 기대, 나중의 찬란함을 믿는 나이. 가파른 계단을 뛰어내리며 나는 쉬지 않고 뛰어놀았다. 그러나 가장 많은 시간을 보낸 곳은 역시 책 속이었다. 톰과 허크와 함께 뗏목을 타고, 라스무스와 함께 방랑을 떠났다. 고아들은 모험을 통해 새로운 삶을 개척한다. 나는 책 속의 세계를 믿었다.

모험가들과의 여행에 지칠 무렵 내 관심은 톰 소여와 허클베리 핀을 떠나 『소공녀』의 '새라'에게로 옮겨졌다. 부잣집 딸이던 새라는 아버지가 갑자기 죽으면서, 학교도 다니지 못하고 하녀의 신세로 전락해 구박받으며 다락방에 살게 된다. 하지만 인생을 비관하지 않고 열심히 살았더니 다락방을 통해 새로운 세계가 열렸다. 맛난 음식과 선물이 찾아오고 죽은 줄 알았던 아빠도 살아서 돌아왔던가. 나는 내게도 그런 순간이 찾아오기를 바랐다. 그러려면 다락 같은 곳, 나 혼자만 은밀하게 머무를 수 있는 그런 공간이 필요했다. 제아무리 위대한 기적이라도 여섯 식구가 나란히 누워 자는 단칸방 방문을 남모르게 열고 들어올 재주는 없어 보였다. 간절하면 이루어지는 것일까. 얼마 후 나는 거짓말처럼 다락방이 있는 집으로 이사를 하게 되었다.

그전까지 나는 실제로 다락을 본 적이 없다. 드라마나 만화 영화에서 본 다락방은 넓었다. 동시에 숨어 있기 좋은 그런 공간이었다. 그리고 나는 그런 공간을 원했다. 여섯 식구가 동시에 복닥거리는 방은 숨을 데가 없다는 점에서 아무리 좁아도 광장이었다. 이사를 준비하면서 엄마는 말했다. "이번에는 다락이 있는 집이란다." 그리고 또 말했다. "너희가 방처럼 쓸 수 있는 다락이야." 첫번째 말도 설렜는데, 두번째 말은 황홀 그 자체였다. 우리는 한 번도 혼자만의 공간을 가져보지 못했다. 사남매가 모두 다락으로 올라가는 일은 벌어지지 않을 것이다. 운이 좋으면 나 혼자 다락을 차지할 수 있을지도 몰랐다. 나는 오직 나만을 위해 준비된 기적이 펼쳐질 공간이 필요했다.

이사하던 날, 나는 누구보다 먼저 방문을 열고 들어가 다락의 위치를 확인했다. 그러나 아무리 찾아도 다락이 보이지 않았다. 대체 다락이 어디에 있는지 엄마한테 물어보고서야 겨우다락으로 통하는 문을 찾을 수 있었다. 찾고 보니 보이지 않던게 당연했다. 그 다락의 출입문은 닫혀 있을 때는 벽의 일부처럼 보였다. 벽지와 똑같은 종이가 발라져 있기까지 했다. 손잡이 대신 굵은 빨랫줄처럼 생긴 줄을 잡아당겨 문을 열어야 했다. 문을 당기자 가파른 나무 계단이 쿰쿰한 냄새를 피우며 모습을 드러냈다. 굳이 올라가보지 않아도 천장이 얼마나 낮은지알 수 있었다. 서는 건 고사하고 키 큰 어른은 앉아만 있어도천장에 머리가 닿을 것 같았다. 게다가 몹시 어두웠다. 당장에라도 다락에 올라갈 것처럼 굴던 나는 이삿짐 나르는 데 걸리적거린다는 엄마의 지청구에 순순히 문을 닫았다. 아무래도 그다락은 기적과는 거리가 멀어 보였다. 돌로 된 이층집에 처음이사갔을 때 느낀 정도의 실망은 아니었지만 다락에 대한 첫인

상도 쓸쓸하기는 마찬가지였다.

　우리가 살게 된 집은 장독대가 있는 마당을 중심으로 마당 구석구석에 세를 놓을 수 있는 방을 만든 형태의 가옥이었다. 우리는 대문을 열면 바로 오른쪽에 있는 변소 뒤쪽에 자리잡은 문간방에 세를 얻었다. 그물처럼 생긴 방충망이 창문 대신 달린 나무문을 열면 평평한 댓돌이 있고, 그뒤 한 계단 낮은 자리가 부엌이었다. 그 부엌 천장이 다락이었다. 그건 부엌과 다락이 같은 넓이라는 의미였다. 문제는 그 다락이 상하 이단으로 나뉜 구조라는 점이었다. 평평한 아랫단 천장과 달리 앉으면 바닥이 가슴 높이까지 오는 윗단의 지붕은 급격하게 기울어진 사선이었다. 게다가 나무 서까래가 고스란히 노출되어 있었다. 바닥에 굴러다니는 쥐똥은 다락이 이 집에 사는 쥐와 벌레들의 서식처라는 걸 알려주었다.

　무엇보다 실망스러운 건 창문이었다. 내가 아는 모든 다락방의 기적은 창문으로 드나들었는데, 그 다락의 창문은 열 수 있는 구조가 아니었다. 바닥에 딱 붙어 있던 창은 어린아이 머리 하나가 겨우 빠져나갈 수 있는 정도의 구멍을 방충망으로 막아놓은 것에 불과했다. 그 밖은 심지어 이웃집 담벼락이었다. 길고양이들이 겨우 지나다닐 정도의 틈이었다. 기적은커녕 도둑도 드나들기 힘들어 보였다.

　엄마는 서까래가 노출된 윗단을 창고처럼 이용했다. 쓰지 않는 잡동사니들을 안쪽 깊숙이 밀어넣고 두꺼운 이불을 앞쪽에 쌓았다. 아랫단은 방처럼 쓰기로 했다. 하지만 앉을 수는 있어도 함께 눕기에는 애매한 넓이였다. 누우면 다락을 오르내리는 계단으로 생긴 공간 때문에 다리가 허공에 떴다. 아빠는 그 자리에 위아래로 당겨서 여닫는 문을 만들었다. 그 문을 내리면 비로소 온전한 정사각형의 방이 만들어졌다. 그렇지만 선뜻 다락에서 자겠다는 사람이 없었다. 누가 보아도 확연한 쥐들의 흔적 때문이었다. 사람 살면 쥐는 안 산다고 엄마가 말했지만 우리는 다락에서 놀다가 길을 잃은 쥐들과 눈이 마주치기도 했다.

그래도 결국 누군가 자기는 했다. 아빠가 먼저 시범으로 그곳에서 잠을 잤고, 키가 쑥쑥 커서 식구들의 발끝에 모로 누워자야 했던 내가 며칠 후 다락으로 떠밀려 올라갔다. 혼자서는 무서우니 언니와 함께 자기도 했고, 나중에는 혼자서도 잤던 것 같다.

우리는 다락이 있던 그 방에서 가장 오래 살았다. 나중에 그 집이 철거되어 사라질 때까지, 그 집에 이사오기 전에 살았던 무수히 많은 집들에서의 시간을 합친 것보다 더 많은 시간을 살았다. 그리고 그 시간들의 대부분을 나는 다락에서 보냈다. 푸짐하게 차려진 소공녀 새라의 다락방 식탁에 비할 순 없지만, 나의 다락에도 음식은 있었다. 바로 '피자'였다.

다락 벽에는 벽지 대신 잡지를 찢어 붙여놓았다. 아무렇게나

덕지덕지 붙어 있는 종이들 사이에 유독 한 장만 일부러 펼쳐놓은 것처럼 읽기 좋게 붙어 있었는데, 거기에 적힌 내용이 바로 '피자 만드는 법'이었다.

내가 세상에 태어나 가장 처음 읽은 책은 계몽사 〈세계소년소녀문학전집〉이었지만, 분명하게 기억하는 최초의 텍스트는 바로 그 피자 레시피다. 페페로니와 피망, 블랙올리브 같은 낯선 식재료의 이름을 어색하게 발음해보며 나는 머릿속으로 피자라는 음식을 만들어보곤 했다. 앞치마를 두르고 시작해야 할 것 같다. 그런데 오븐은 어떻게 생긴 물건일까. 부뚜막의 아궁이는 방을 덥히는 온돌과 연결되어 있어서 추운 겨울이 아니면 불을 때지 않았다. 우리는 석유곤로 하나를 부엌에 두고 밥을 지었다. 모르긴 몰라도 오븐이 있는 부엌은 우리가 쓰는 부엌과 다른 곳일 터였다. 긴 조리대가 놓인 넓은 주방에 정갈하게 꾸민 식탁이 있을 것이다. 윤기 나는 마룻바닥과 여러 개의 방, 집 내부에 나무로 만든 계단이 있는 이층집이겠지. 상상은 끝도 없이 이어졌다. 누워서 공상을 하다보면 쥐가 파먹은 서까래를 이고 있는 다락도 어쩐지 소공녀의 다락 같았다. 기적이 뭐 별건가. 꿈을 꾸면 기적이지.

다락이 있던 그 집에는 마당도 있었다. 문간방인 우리집 앞에 놓인 두 개의 계단을 내려서면 마당이었다. 큰 마루를 사이에 두고 연결된 두 개의 방을 쓰는 주인집과 쪽마루를 단 다른 셋방들이 둘러선 마당이었다. 그 집에 사는 여자들은 종종 마당에 둘러앉아 함께 뭔가를 했다. 김치를 담그기도 하고, 술빵을 쪄내기도 하고, 빨래도 했다. 주인집 새댁은 가끔 커피 한 스푼, 프림 한 스푼에 설탕을 잔뜩 넣은 커피를 내놓았다. 마당에 있는 여자들 가운데 엄마가 제일 나이가 많았는데 어른 행세를 하느라 다른 이들을 상대로 이런저런 지청구를 늘어놓기 일쑤였다.

하루는 마당에 양복을 입은 남자가 검은 가죽가방을 들고 나타났다. 책장사였다. 가방안에는 광고 팸플릿이 한가득했다.

집에 있던 계몽사 오십 권 동화책은 이미 여러 번씩 다 읽었다. 그것 말고도 집에는 〈세계위인전집〉과 〈한국위인전기〉가 있었다. 〈세계위인전집〉은 외국 동화를 읽는 기분으로 읽었는데, 〈한국위인전기〉는 지루했다. 그래도 달리 읽을 게 없어서 빠짐없이 다 읽었다. 나는 늘 책이 고팠다. 더이상 읽을 것이 없다고 투덜대자 어느 날부터 아빠가 일을 마치고 돌아오면서 새 책을 한 권씩 가지고 왔다. '계림문고'에서 나온 시리즈였던 것 같다. 표지가 노란색 종이로 된 문고판이어서 내가 노란 책이라고 불렀다. 책 선물은 꽤 오래 계속됐다. 아빠가 나를 위해 준비한 날마다의 선물이라고 생각했는데, 훗날 아빠가 돌아가셨을 때였나, 아빠의 오랜 지인이 자신을 책 아저씨라고 소개하며 그때의 일을 꺼냈다. "막내딸이 책을 얼마나 좋아하는지 모른다고 느이 아부지가 그렇게 자랑을 하잖니. 읽은 것도 또 읽고 또 읽는다고. 듣는 내가 다 기특해서 볼 때마다 책 한 권씩 사서 갖다주라고 했다니까." 책을 좋아한다는 건 성공에의 예감 같은 걸 전파하는 법이다. 내가 책에 빠져 있는 건 아빠에게도 자랑이었지만 엄마에게도 그랬다. 나는 책을 통해 현실에서 도피했는데, 엄마와 아빠는 책을 좋아하는 나를 통해 미래로 도망가고 싶어 했다.

그런 면에서 그날 책장사는 운이 좋았다. 마당에 둘러선 사람들에게 뭔가 자랑하고 싶었던 엄마는 고등학생은 되어야 읽을 수 있을 것 같은 두껍디두꺼운 〈세계명작전집〉 오십 권과 고등학생이 되어도 읽기 어려울 것 같은 〈세계사상대전집〉을 할부로 샀다. 아리스토텔레스의 『시학』과 니체의 『자라투스트라는 이렇게 말했다』 같은 철학가들의 고전저술이 번역된 삼십 권 전집이었다. 서비스로 이단 책꽂이를 받았던 것 같다. 책장사는, 조금만 커도 금세 다 읽을 책이라고, 바꿔 말하면 아직은 읽기 어려운 책이라고 에둘러 설명했지만 나는 당장이라도 읽을 수 있다는 듯 거만하게 팸플릿을 뒤적였다. 책에 대한 허세는 나도 엄마 못지않았다.

그런데 얼마 후 나는 생각보다 빨리 〈세계명작전집〉의 세계로 넘어가게 되었다. 그 일은 아주 우연히 일어났다. 계몽사와 계림문고와 〈세계위인전집〉와 〈한국위인전기〉의 세계를 떠나기

전, 한 권의 책이 있었다. 바로 이주홍의 『못나도 울 엄마』이다. 사실 이 길고 긴 이야기는 바로 이 책을 읽었던 순간을 설명하기 위해서 쓴 것이다. 새가 알을 깨고 나오듯 그 책은 나를 깨어나게 했는데, 한 문장으로 말하자면 『못나도 울 엄마』는 그때까지 내가 믿어 의심치 않던 세계를 간단히 파괴했다.

『못나도 울 엄마』의 줄거리를 간략하게 소개하면 이렇다. 다리 밑에서 떡 파는 할머니에게 주워온 아이라는 놀림을 받지만 그 놀림을 한 번도 믿지 않던 주인공에게 어느 날 '더럽게 때묻은 옷은 갈래갈래 찢어지고, 머리털이 헝클어져 있는' 노파가 나타난다. 심지어 자신이 주인공의 진짜 친엄마라고 주장한다. 미친 노인네로 치부하며 노파에게서 벗어나려고 애쓰던 주인공은 어느 순간 갈등하고 의심한다. 그러면서 자신도 모르게 조금씩 노파를 마음에 받아들인다. 급기야 노파가 쓰러져 죽을 것 같은 상황에 처하자 엄마라고 부르며 제발 살아달라고 애원을 한다.

아마도 착하고 순수한 아이의 마음을 보여주고 싶었을 그 동화는 그러나 내가 이제까지 읽은 적 없던 잔혹동화였다. '주워온 아이'라는 말은 내 또래의 아이들에게는 흔한 놀림이었다. 그리고 나는 그런 놀림에 속상해하는 아이가 아니었다. 오히려 그 놀림이 진실이기를, 내게 다른 부모가 있기를 바랐다. 그리고 그 부모는 지긋지긋한 가난 대신 넓은 집과 예쁜 옷을 주는 부모일 거라는 확신에 차 있었다. 언제고 부자 엄마나 부자 아빠가 찾아오면 크게 좋아하는 내색 없이 적당히 아쉽고 슬픈 척 지금의 가난한 부모와 헤어지리라 다짐했다. 내가 믿고 따르던 동화의 세계도 늘 그렇게 끝이 났다.

그런 내게 『못나도 울 엄마』는 현실이 더 잔혹할 수도 있다는 것, 내 바람과 정반대로 흘러갈 수도 있는 것이 삶이라는 것, 그 삶을 끝끝내 살아야 하는 것이 사람들에게 주어진 인생이라는 것을 깨닫게 했다. 『소공녀』 속의 인자한 부자 아빠 대신 『못나도 울 엄마』 속의 괴팍한 할머니가 내 부모라고 나타난다면 나는 과연 작정한 대로 키워준 부모와 이별할 수 있을까. 몇 번을 고쳐 생각해도 도저히 그렇게는 못할 것 같았다.

어린 시절 내게 있어 책은 꿈이고 판타지였다. 책을 많이 읽으면 성공한다거나 책을 읽고 훌륭한 사람이 된다거나 하는 믿음을 가졌던 적은 없다. 그런 건 내가 모르는 세계였다. 오히려 나는 책에 있는 텍스트와 현실을 자주 혼동했다. 나는 『이솝 우화』에 나오는 어떤 동물들처럼 현명할 것이고, 『십오 소년 표류기』의 소년들처럼 고난에 빠져도 맞서 싸울 것이며, 『작은 아씨들』의 베스처럼 끝내 죽음이 찾아오더라도 의연하고 아름다울 것이다. 책에 있는 권선징악의 세계, 주인공은 끝내 승리하는 이야기들이 좋았다. 미래는 마땅히 그런 모습으로 찾아올 거라고 믿었고, 그 믿음 속에서 나는 늘 안전했다. 그런데 미래가 결코 그런 모습으로 오지 않는다면? 책이 처음으로 내게 질문을 던진 것이다.

그 시절 내가 처음으로 창작했던 이야기가 떠오른다. 제목이 「파란동굴」이었다. 내용은 간단하다. 어느 마을에 외로운 여자아이가 있다. 여자아이가 마을 뒷산에서 아무도 모르는 작은 동굴을 발견한다. 아이는 그 동굴을 자신만의 비밀 공간으로 여겼다. 외롭고 슬프고 고단할 때, 그 동굴에 앉아 친구에게 이야기를 건네듯 종알종알 이야기를 한다. 그런데 어느 날 그 동굴이 자신의 이야기를 귀기울여 듣고 있다는 느낌을 받는다. 바람처럼 메아리처럼 응답이 들리는 것도 같다. 어느 날 아이는 동굴에 앉아 조심스레 자신의 소원을 털어놓는다. 거짓말처럼 소원이 이루어진다. 소원을 이루어주는 동굴이었던 것이다. 그리하여 아이는 어떻게 되었을까. 물론 당연히 행복하게 잘살았을 것이다. 내가 아는 모든 책 속의 이야기가 그러하듯이.

그러나 『못나도 울 엄마』를 읽은 이후, 나는 그런 결론을 적을 수 없었다. 나는 이야기를 고쳤다. 동굴은 아이의 이야기를 들어주는 것 같았지만 그것은 그저 평범한 메아리였을 뿐이었다. 소원을 들어주는 일은 없었다. 한 번의 우연을 착각했던 것이다. 그러나 아이는 자신의 착각을 내버려둔다. 소원을 들어주는 동굴은 없는 것보다는 있는 것이 나으니까. 이야기를 들어준다는 느낌, 그거 하나만으로 충분하니까. 그리하여 어느 날, 스스로 어른이 되었다고 생각했을 때, 아이는 동굴과 인사를 고하고 다시는 동굴에 돌아오지 않는다. 인생은 비극이고, 비극이 곧 성장이라는 사실을 나는 조금 깨달았던 것 같다. 나는 지금도 『못나도 울 엄마』를 읽은 그날, 독자로서의 내 삶이 작가로서의 삶으로 건너갔다고 믿는다.

훗날 문학 수업을 받으면서 '리얼리즘'에 대해 배울 때, 나는 반사적으로 이주홍의 『못나도 울 엄마』를 떠올렸다. 『못나도 울 엄마』는 내게 리얼리즘을 가르쳐준 최초의 책이었다. 그리고 그 책이 가르쳐준 의문은 지금도 여전히 풀기 어려운 숙제로 남아 있다. 못나고 더럽고 가난하고 지저분한 얼굴로 나타나는 인생의 수많은 진짜 엄마를 나는 어떤 방식으로 껴안아야 할까. 몇 번은 품었고, 몇 번은 모른 척 도망쳤던 것 같다. 작가로서도 고민은 남는다. 무엇을 쓸 것인가. 빛과 어둠, 무엇을 증명해야 할까. 어찌할 도리가 없는 삶들에 대해 쓸 때 어떻게 말해야 할까. 희망을 노래해야 하나. 희망을 조롱해야 하나. 인생은 비극이고, 인간은 그 비극을 통해 성장한다는 서사는 궁극의 비극일까, 아니면 희망일까. 나는 지금도 그 답을 잘 알지 못하겠다.

『못나도 울 엄마』는 내가 읽었던 마지막 동화이기도 했다. 그 책을 마지막으로 나는 엄마가 호기롭게 지른 〈세계명작전집〉의 세계로 건너갔다. 내가 가장 먼저 읽은 책은 펄 벅의 『대지』였다. 가난한 농부 왕룽의 이야기였다. 그러나 내게는 오란이라는 여자의 신산스러운 삶에 대한 이야기였다. 지주의 종이었다가 남편의 종이 된 여자, 나중에는 자식의 종으로 죽어간 여자. 오란이 죽을 때, 나는 진심으로 슬퍼하며 울었다. 오란이라는 여자의 삶이 가슴 아팠다. 모르고 고른 책이었으니 우연이었을 것이다. 그러나 한편으로는 우연이 아닐지도 몰랐다. 더이상 권선징악을 말하지 않는 세계로 나는 그렇게 건너왔다. 그리고 비로소 처음처럼 책을 읽기 시작했다. ❄

내가 살던 골목에는

　길 앞에서 가장 먼저 나를 맞는 것은 오래된 나무다. 천하대
장군보다 지하여장군보다 허리 굵은 나무, 위엄 담긴 표정 대신
자분자분 늙어간 노인처럼 수더분한 나무, 나는 늘 그 나무를
가장 먼저 만난다. 그 옆에는 또 으레 그만큼 오래된 작은 가게
가 있기 마련이다. 나무 그늘을 지붕처럼 덮고 있는 가게는 더
께가 앉은 물건들이며 발처럼 드리운 까만 고무줄 묶음이며 더
도 덜할 것도 없이 구멍가게라는 표현이 딱 맞는 그런 가게이
다. 그리고 그 사이, 나무와 작은 가게 사이에 섬처럼 평상이 하
나 놓여 있다. 오고가며 비비댄 엉덩이들로 인해 닳고 닳은 때
가 반질반질해진 평상이 있는 곳. 길은 그곳에서부터 시작된다.
　해가 뜨기 무섭게 드르륵 가게 유리문을 열어젖힌 남자는
주머니를 뒤져 짤랑이는 동전 몇 개를 맑은 소주 한 병과 새

우깡 한 봉지와 바꾸어가는 걸로 하루를 시작한다. 누런 평상을 하루 중 가장 먼저 차지하는 이가 바로 그이다. 차가운 술이 절반쯤 그이의 목젖을 타고 넘어갈 즈음, 골목길에서 사람들이 흘러나와 직장으로 학교로 사라진다. 이른 아침부터 소주를 병째 입에 물고, 새우깡을 아작거리는 남자의 모습은 오래되어 익숙해진 풍경이라 새삼 눈여겨보는 사람도 없다. 더러더러 톡 쏘는 소주냄새가 코끝을 찌를 때 이맛살이나 한번 찌푸리면 그뿐이다.

남자가 언제 평상을 떠나는지는 알 수 없다. 술에 취해 나무 그늘 아래로 자리를 옮긴 그이는 종일토록 그늘에 머물러 낮잠을 자고, 자리가 이제나 빌세라 엿보기라도 했던 것처럼 동네 여자들이 스웨터를 뜨거나 종이를 오려 붙이거나 마늘을 까는 저마다의 일거리를 가지고 평상을 장악한다. 왁자한 웃음소리 속에 이웃집 여자의 부정과 노망난 시어머니의 흉이 몸을 섞다가 자리를 뜨면 무릎까지 걷어올린 바지에 '난닝구'만 걸쳐 입은 중늙은이들의 내기장기가 벌어지기도 한다. 거는 상품은 언제나 술. 여기저기서 훈수될 것도 없는 참견을 하다보면 하루해는 금세 저문다. 일찍 집 나섰던 가장도 돌아오고, 수업이 끝나고도 학교 운동장에 남아 놀며 쌈박질하며 뒹굴던 아이들도 밥냄새 맡으며 돌아올 때면 오후 내내 빈 술병 굴리며 그늘 아래 잠들었던 사내는 간데없고, 내기장기 끝에 얻어 마신 술에 취한 길들만 아무렇게나 뻗어 있다. 그 길을 따라 걷다보면 우리집이 나온다.

*

대문이라는 게 그저 드나드는 문이 아니라 집이라는 공간의 위용과 표식을 드러내는 어떤 구조물을 의미한다면, 골목에 있는 집들은 대문이 없다. 골목에 있는 집으로 들어가는 문은 대부분 낡은 철판에 유리새시를 덧대 만든 문이고, 그 문을 열면 바로 방문이다. 현관과 방문 사이에 고작 신발을 두세 줄 늘어놓을 수 있을 정도의 공간이 있는데, 그 공간이 부엌이자 다용도실이었다. 마당이 따로 없는 집들은 볕 좋은 오후 골목에 묶어놓은 빨랫줄에 젖은 빨래를 널어 말리곤 했는데, 길가에 널어놓을 수 없는 속옷은 낮에도 토굴 속처럼 캄캄한 현관 안쪽 부엌이나 방안에 널어야 했다. 볕도 없는 곳에서 물일을 하고 빨래까지 널어대니 장롱 뒤에는 늘 축축하게 핀 곰팡이꽃이 한 가득했다.

대문이 있는 집은 그래도 형편이 좀 나았다. 그런 집은 그래도 마당이라든가 축대라든가 집의 기본 꼴을 갖추고 있었다. 대문 안쪽에 변소가 있고, 작지만 마당도 있었다. 그래봐야 한두 평 정도의, 시멘트를 발라 다진 공간에 불과하고 그나마도 한쪽에는 수돗가가 있고, 그뒤로 얕게 쌓은 장독대가 있어 더 좁았지만 그래도 그런 마당에는 오후 내내 볕이 쏟아졌다. 수돗가에는 물을 절반쯤 채운 고무다라이가 있고, 장독대를 가로지르며 길게 묶인 빨랫줄 위에 볕 좋은 날마다 하얗게 나부끼는 빨래가 언제나 부러웠다.

간혹 텃밭을 가꾸는 집도 있었다. 농사는 지어본 적도 없는 서울내기들도 호박이나 풋고추 따위는 길러 먹을 줄 알았다. 꽃을 심어놓는 집도 있었다. 키 큰 해바라기나 낮은 베고니아 혹은 붉은 사루비아…… 붉디붉은 사루비아 꽃을 나는 꿀꽃이라고 불렀다. 꽃송이를 따서 꽁지에 입을 대고 쪼옥 빨면 달콤한 꿀이 흘러나왔기 때문이다. 친구 집에는 붉은 사루비아꽃이 지천으로 피었는데, 어느 여름엔가는 하루종일 그 마당에 앉아서 붉은 사루비아꽃을 빨아먹었다. 어찌나 열심히 빨아먹었던지 오후가 다 가기도 전에 꽃밭은 폭풍이라도 지나간 것처럼 마당에 버려진 붉은 사루비아들로 어지러웠다.

똑 닮게 산다는 건 아파트에 사는 사람들에게만 해당되는 말이 아니다. 골목길 안에 있는 집들도 거의 다 닮았다. 좁은 부엌과 한 칸의 방, 그 안에 놓인 자개장, 추가 흔들리는 괘종시계와 텔레비전. 코 흘리는 아이들은 방바닥에 엎드려 받아쓰기 숙제를 하고, 노인들은 한쪽 구석에 꽃무늬가 그려진 빨간 캐시미어 담요를 덮고 앉아 쿨럭이며 텔레비전을 보는 풍경, 닮아 있기는 골목 안의 집들이 더 닮아 있다. 밤이면 편히 돌아누울 공간도 마땅치 않아 젓가락 꽂아놓은 듯 빽빽하게 나란히 누워 온 식구가 잠드는 풍경까지도. 몸 뜨거운 젊은 부부들은 어떻게 욕망을 풀었을까. 언젠가 학교 가는 길에 빼먹은 준비물이 생각나 되돌아왔을 때, 어두운 방에 다정하게 누워 있던 부모님을 보고, '사람은 부지런해야 한다며 우리는 일찍 깨워 학교 보내놓고 당신들은 좀더 아침잠을 청하고 계시다니……' 어린 나는 그 이율배반에 잠깐 분노했다. 한참의 시간이 지나고 나서야 철없이 벌컥 방문을 열어젖혔을 때 아무렇지도 않게 헛기침하던 아버지와 뭐, 뭐 하며 허둥대던 어머니의 난처한 사정이 이해가 되어서 내심 얼마나 미안하고 또 안타깝던지.

*

방문도 창문도 다 골목에 맞대어 있다. 그래서 방에 누워 있으면 많은 소리들이 지나갔다. 이른 아침 우선 청소부의 리어카가 지나간다. 무거운 리어카를 끌고 좁고 가파른 골목길을 내려가려면 무게에 밀리지 않기 위해 중심을 잡아야 했고, 그러느라 리어카 뒤에 납작하게 붙인 고무타이어로 자주 바닥을 내리눌렀다. 치지직 끌리던 타이어 소리 그리고 한참의 시간을 두고 같은 길을 따라 걷는 두부 장수의 짤랑이는 종소리, 오후에는 학교 가지 않은 아이들이 숨바꼭질하는 소리와 고무줄놀이 하는 소리가 들렸고, 밤늦은 길에는 술 취한 사내들의 토악질 소리가 꿈 언저리에 실렸다.

소리가 많기로야 겨울철을 따를 수 없다. 겨울밤 소리의 으뜸으로 치는 메밀묵 장수의 '사려엇~' 소리는 분명 듣고 자기를 불러달라고 내는 소리일 텐데, 창문을 열어 내다보면 사람이 보이지 않는다. 소리만 혼자 살아 비좁은 골목을 굽이굽이 돌고 있는 것이다. 여기요, 하고 부르면 그제야 어느 모퉁이에서 네모판을 목에 두른 메밀묵 장수가 불쑥 몸을 드러낸다.

눈이라도 온 날이면 소리는 더 가관이다. 뾰족구두 신고 아슬아슬하게 비탈길을 내려가던 젊은 여자들은 꼭 창문 앞을 지날 때쯤 엉덩방아를 찧었다. 어맛, 하는 단말마의 비명에 이어 들리는 쿵, 쭈르르 소리. 그 소리가 들리면 웃음 많은 누군가가 키들키들 이불 속에서 몸을 떨며 웃고, 그 웃음은 맞대고 누운 어깨를 따라 전염되어 금세 방안에 퍼졌다. 쿵, 쭈르르, 키들키들, 쿵, 쭈르르, 키들키들. 한참을 멎지 않는 웃음에 이제 그만 자라며 아버지가 헛기침도 해보지만 또 한번 어맛, 쿵 소리가 들리면 이번에는 아버지 쪽에서 먼저 키들키들 웃음이 물결치곤 했다.

들리는 것이 어디 그뿐이랴. 앞집과 맞붙은 슬래브 지붕 위로 떨어지는, 타닥타닥 콩 볶는 소리 같던 여름철 장대비 소리.

한겨울 자박자박 눈 내리는 소리까지 들려주던 그 지붕이 빗소리를 빼놓고 전할 리 있나. 좁은 골목에서 나와 함께 자랐던 한 친구는 그 골목에 살던 사람들 가운데 가장 먼저 아파트로 집을 옮겨 으스대고 뻐기며 이사를 갔는데, 다 자란 어느 날 만났더니 비가 와도 빗소리가 들리지 않아 땅이 아니라 허공을 딛고 사는 것 같다며 우울하게 고개를 떨궜다.

*

어느 날 담벼락에 쓰인 낙서를 보았다. 크레파스로 삐뚤삐뚤 휘갈긴 낙서는 나를 헐뜯는 내용이었다. 범인을 찾기 위해 나는 낙서를 따라 무작정 걸었다. 낙서는 얼마 전 학교에서 크게 다투었던 남자아이의 집 앞에서 끝났다. 나는 그 집 담벼락에서부터 새로운 낙서를 시작했다. ○○ 나쁜 놈, ○○는 누구랑 좋아한대요, 따위의 낙서를 써 내려가며 나는 우리집과 정반대 방향으로 걸었다. 그날 저녁 붉으락푸르락해진 얼굴로 낙서를 지우며 길을 걷던 남자아이를 보았다. 우리집에서 점점 멀어지는 낙서를 따라가며 그 아이는 결코 범인을 찾지 못할 것이다, 생각하니 고소했다. 완전 범죄!

골목에서 뛰어놀기에 가장 좋은 놀이는 숨바꼭질이다. 술래가 얼굴을 가리는 곳은 언제나 구멍가게 앞 나무, 그뒤로 거미

줄처럼 뻗은 골목은 들어서기만 해도 완벽하게 몸을 감추었다. 다방구를 할 때면 몇 명의 술래 가운데 한 명은 반드시 잡힌 아이들을 지키고 있어야 했다. 그렇지 않으면 골목 어딘가에서 튀어나오는 아이들을 다 막을 도리가 없다. 높이가 하나도 같지 않던 계단을 오르내리며 놀던 '무궁화꽃이 피었습니다', 작은 돌조각을 반질반질하게 갈아 손바닥 위에 올리고 던지던 공기놀이와 빨간 벽돌을 빻아 고춧가루를 만들던 소꿉장난. 고운 모래를 담아 밥을 짓고, 돌을 섞어 잡곡밥도 짓고, 시멘트 담 사이에서도 잘 자라던 강아지풀과 민들레는 소꿉놀이 때마다 단골반찬으로 밥상에 올랐다.

날이 저물면 어른들도 밖으로 나왔다. 어느 집에선가 가지고 나온 돗자리에 어른들이 둘레둘레 앉아 낮에 못다 한 수다를 떨고, 긴 오후 내내 골목을 뛰어놀던 아이들은 졸음에 겨워 엄마 무릎을 베고 누웠다. 기분좋은 날이면 엄마는 어려서 듣고 자랐던 설화나 전설 같은 이야기를 들려주었는데 나는 늘 이야기가 끝나기도 전에 잠이 들었다.

*

이제 그 길은 없다. 나는 여전히 그 길 위에 살고 있지만, 지금 내가 살고 있는 길은 거미줄처럼 가늘게 얽히고 꼬인 길을 툭 터서 하나로 만든 길이다. 한 사람도 지나가기 어려웠던 길을 이제는 자가용 두어 대가 나란히 달리기도 한다. 공중변소 앞에서 다리를 꼬고 줄 설 필요도 없다. 칸칸이 늘어선 방들이 모두 층층이 올라가 아파트가 되었다. 그런데 이상한 일이다. 미로 같은 골목에서 길 한 번 잃지 않고 살았던 나는 눈 한 번 휘두르면 끝이 보이는 넓은 길에서 오히려 막막하다. 꿈마다 내가 집으로 돌아오는 길은 너무 좁아 담벼락이 어깨를 스치는 바로 그 길이다. 걸을 때마다 길 위에서 길이 그리워 나는 더러 눈물이 나기도 한다. ✳

나는 너를 모른다

그 집이 철거되었던 건 재개발 구역으로 묶이고 십 년쯤 지나서였던 것 같다. 그때 내가 스물한 살이었는지, 스물두 살이었는지 모르겠다. 90년대 초반이었고, 대학에 다니고 있었다. 소설이나 영화 혹은 신문을 통해 내가 알고 있던 철거 상식은 어느 날 갑자기 우르르 포클레인이 밀어닥치는 거였다.

하지만 막상 닥친 현실은 조금 달랐다. 철거 일정을 알리는 공지가 붙었고, 그후에 이사가 시작되었다. 반발 없는 조용한 철거였다. 한 집 두 집 처음에는 그렇게 빠져나가다가 어느 순간 급물살을 탔다. 철거반원들은 빈집부터 부수어나갔다. 날마다 조금씩 집들이 부서졌다. 옆에 옆집이 부서지고, 뒤에 뒷집이 부서지고, 같은 마당을 둘러싼 방에 세 들어 살던 사람들이 이사가면 마당이 부서지고 어느 날 보니 사방 부서진 집들

가운데, 오롯이 우리집만 벽을 두르고 서 있었다. 방학 때라 학교에 갈 일도 없어 나는 오후 내내 집을 지켰다. 아무도 없으면 빈집인 줄 알고 부술까봐 나갈 수 없었다. 무섭지는 않았는데, 쓸쓸했다.

포클레인이 지나갈 때마다 벽이 흔들렸다. 흔들리는 벽에 기대어 책을 읽다가 먼지 많은 바람을 쐬러 나가면 부서진 담장 사이로 전에 본 적 없는 꽃무더기가 보였다. 나는 그게 참 신기했다. 저 벽들은 대체 언제부터, 어떻게 꽃을 품고 있던 걸까. 보고 있자면 기분이 묘했다. 그 꽃이 내게 가르쳐주는 것이 벽 속에나 꽃을 가두고 있는 인생에 대한 비관적인 상징인지, 모든 벽도 사실은 꽃을 품고 있다는 낭만적인 상징인지 가늠이 되지 않았다. 그저 조금 서러운 기분이었다.

문청 시절이라 그 감상이 모두 시가 되고 소설이 되었다. 그렇게 쓴 시와 소설을 과제물로 제출했다. 그리고 그 과제물들은 모두 '현실을 모르는' '현실을 외면한' 낭만주의적 감상이라는 비판을 받았다. 발끈했다. 억울하기 이루 말할 데 없었다. 낭만주의적 태도라는 비판에는 수긍했다. 현실을 '외면'한도 그럴 수 있다고 생각했다. 하지만 '모른다'는 말에는 동의할 수 없었다. 모른다고, 어떻게 몰라, 나만큼, 나 이상, 그 현실을 어떻게 더 잘 알 수가 있어, 하는 분노에 사로잡혔다. 그 비판을 한 아이가 하필이면, 꽤 잘사는 집 아이였다는 사실도, 그러면서 빈

민운동에 관심을 보이는 아이라는 사실도 한몫했다. 낭만은 잘 먹고 잘살면서 빈민 어쩌고 하는 네가 더 낭만이다, 그런 욕도 속으로 실컷 했다.

그런데 어느 순간 내가 정말 알기는 알았을까, 하는 의구심이 들기 시작했다. 철거 지역에 살았으니 철거민이었지만, 그러나 나는 인기척을 내는 일 말고 철거민으로서 애써본 적도 싸워본 적도 없었다. 집을 구하기 위해 발을 동동 구르고 그 돈을 마련하기 위해 밤낮으로 일한 건 내 부모였고, 내 형제였다. 같은 공간 같은 시간을 살았지만 같은 심정 같은 처지였을 수는 없다. 아무도 못 본 꽃을 내가 본 건 그래서였을 것이다.

비정규직 노동자들에 대한 르포인 『4천원인생』을 읽으면서도 비슷한 감정이 지나갔다. 아, 이건 내가 겪어본 삶이다, 싶다가 바로 그 말을 삼켰다. 그 삶을 겪은 건 내가 아니라 내 가족이고 내 친구였다. 유통업체에서 일해본 적은 있었지만, 아르바이트였다. 연말 대목에는 보수가 많다고 해서 나와 같이 아르바이트를 시작했다가 열두 시간 가까이 서 있어야 하는 육체노동과 마냥 웃어야 하는 감정노동에 질려 하루이틀 만에 그만두는 친구들과 달리 나는 거의 한 달 가까이 일을 했다. 등록금을 생각하면 그 정도 힘든 걸로 그만둘 수 없었다. 방학 동안 여행 다니는 친구들과 견주며 나는 내가 위기의 이십대인 척했지만, 따지고 보면 나 또한 돌아갈 학교가 있는 '대학생 알바'일 뿐이었다. 고등학교를 졸업하고 생계전선에 뛰어든 동갑내기 점원들과 어깨를 나란히 하며 나도 유통업체 노동자의 삶을 알아, 하고 말해서는 안 되는 처지였다.

사람은 저마다 개별적인 존재이다. 모든 환경과 경험도 개별적일 수밖에 없다. 비슷한 경험은 있지만 똑같은 경험은 없다. 그러므로 나도 너와 똑같이 경험해봤다는 말이나 한 발 더 나아가 해봐서 안다는 말은 매우 신중히 해야 할 말이다. 그럼에도 불구하고 경험 많은 인생을 자처하는 사람일수록 다른 사람의 시련에 혹독하거나 냉정하기 쉽다.

경험이 누군가의 삶을 풍부하게 해주고 새로운 방향으로 인도해 준다면 그건 바로 자기 자신의 삶이지 타인의 삶은 아니다.

그러므로 우리가 진심으로 누군가를 이해하고자 한다면, 누군가를 위해 고민하고 있다면, 우리가 말할 수 있는 첫마디는 '나는 너를 모른다'여야 할 것이다. ✳

누구에게나 빛나는 한 가지

어느 해 연말 한 문예지의 신인상 심사를 보았다. 응모작은 많지 않았다. 좋은 작품도 선뜻 눈에 띄지 않았다. 어떤 작품들은 문장의 기초부터 다시 공부해야 할 것 같았다. 어려운 단어도 아닌데 틀리게 사용한 경우도 있었다. 한 문단만 읽어도 수준이 가늠되는 작품들이 대부분이었다. 그렇지만 나는 멈추지 않았다. 서툴고 미흡한 작품일수록 더욱 천천히 처음부터 끝까지 꼼꼼하게 읽었다. 읽어야 할 작품 수가 적기 때문만은 아니었다. 언젠가 장편소설의 예심을 보게 되어 사과 상자로 일곱 상자는 족히 되는 분량의 소설이 집에 도착했을 때도 과연 저걸 다 읽을 수 있을까 겁이 났지만 결국 다 읽었다. 그때라고 모든 작품이 좋은 것은 아니었다. 고르기 힘든, 비슷한 수준이어서 그랬던 것도 아니다.

사람도 그렇고 사물도 그렇고 작품도 그렇고 좋고 빼어난 것
은 흔하지 않다. 신인의 것이든 기성의 것이든 마찬가지다. 그러
나 한 가지는 분명하다. 원고지 백 장, 천 장을 채운다는 건 도
깨비 방망이로 금 만들듯 맘만 먹으면 뚝딱 해낼 수 있는 일이
아니다. 새로운 이야기를 창조하는 일이라면 더더욱 그렇다. 천
장을 쓰고 버려야 백 장의 소설이 나오고, 만 장을 쓰고 버려
야 천 장의 소설이 나오는 건, 글 쓰는 일을 업으로 삼은 사람
은 누구나 아는 법칙이다. 그 시간과 노력에 헌신한 사람에게
예의를 갖추고 싶었다. 그 예의는 단 하나, 그들의 수고가 담긴
작품을 끝까지 읽는 것이라고 생각했다.

그렇게 읽다보면 정말 말도 안 되는 작품 같은데, 보석 같은
문장이 한두 문장쯤 툭 튀어나오기도 한다. 그런 문장을 만나
는 순간이 나는 너무 좋다. 그런 문장은 마치 처음부터 끝까지
형편없는 삶은 없다는 증명 같기도 하고, 누구에게나 빛나는
한 가지는 있다는 외침 같기도 하다. 겨우 하나의 문장으로 당
선의 기쁨을 누릴 수는 없는 법이니 그 문장의 주인을 내가 직
접 만나게 될 일은 없겠지만, 그래도 그런 문장을 만나면 혼자
인사를 한다. 괜찮아. 네가 있으니 다음도 있을 거야. 유명 작가
들의 표절 시비가 불거지면서 문단 내적으로 시끄러웠던 그해
에는 한마디를 더 했다. 미안해. 그리고 고마워. 나 자신이 성공
보다는 실패를 많이 겪은 삶이기 때문일까. 당선자보다는 낙선

자에게 늘 마음이 쓰인다.

평가를 기다리는 사람에게 가장 가혹한 것은 평가의 정당성을 믿을 수 없을 때일 것이다. 제대로 읽기는 한 것일까. 이미 내정된 다른 누군가가 있는 것은 아닌가. 내가 딛고 있는 출발선이 허상일지도 모른다고 믿는 이의 달리기는 얼마나 힘들고 두려운 것인가. 그런 가혹함을 겪었고, 지금도 수시로 겪고 있는 나는, 그렇기 때문에 더욱 최선을 다해 공정해지고 싶었다.

그해 문학의 이름은 그 어느 때보다 부끄럽고 참담했다. 연초에는 유명 작가들의 표절 사건이 있었고, 연말에는 권력형 성폭력 문제가 곪아 터졌다. 마침 불거진 국정농단 사태로 드러난 블랙리스트는 문학이 가진 최소한의 존엄마저 훼손했다. 문학이, 글을 쓴다는 것이, 글을 읽는다는 것이 무슨 의미가 있을까 싶었다. 그럼에도 여전히 문학을 향해 문을 두드리는 이들이 있다는 것은 어떤 의미일까.

당연한 말이겠지만 지향하는 이가 없는 사회는 살아남지 못한다. 꿈꾸는 이들이 있는 한 문학도 살아남을 것이다. 그들의 꿈이 미몽이나 추문이 되지 않는다면 말이다. 그리고 그것은 문학뿐 아니라 우리가 살아가고 있는 지금 이 시대도 마찬가지다.

심사 결과는 새해가 오고 며칠 후 발표되었다. 당선자들의 기쁨만큼 평가의 문턱을 넘지 못한 이들의 좌절감도 크겠지만,

당선된 이들에게도 문학은 녹록지 않은 미래다. 어느 쪽이든 부디 건강하게 살아남기를. 최후까지 건필을 빈다. ✱

세월은 가고, 사람은 늙지만

초대장을 하나 받았다. 새로운 잡지를 창간했으니 와서 축하해달라는 내용이었다. 발신인과는 대학을 갓 졸업하고 잡지사 프리랜서로 일하던 시절에 처음 알았다. 인사를 나눈 지는 불과 칠팔 년 남짓이지만, 서로의 글에 관심을 기울였던 것까지 합하면 십 년을 훌쩍 넘는 인연이었다. 언젠가는 직접 잡지를 만들겠다던 바람은 나하고 인연을 맺기 전부터 가지고 있었으니 이십여 년을 가져온 소망일 것이다. 그러고 보면 십 년이면 강산이 변한다는 말, 사람의 의지 앞에서는 무색한 말이다. 고작 십 년, 강줄기나 산세는 어떻게 바꿀는지 몰라도 사람이 가지고 있던 꿈은 쉽게 바꾸지 못하는 듯싶다.

사실 선배가 잡지를 창간한 것이 처음은 아니었다. 그동안도 선배가 창간, 혹은 재창간해놓은 잡지가 이미 여러 종이었다.

워낙에 글을 만지고, 이미지를 생산하고, 그것들을 엮어내는 솜씨가 뛰어난지라 선배가 만드는 잡지들은 한결같이 좋은 평가를 받았다. 하지만 그렇게 창간만 해놓고는 회사를 관두기가 일쑤. 오죽하면 후배들이 농담처럼 창간 전문 편집장이라고 부르기도 했다. 원인은 언제나 발행인과의 갈등이었다. 돈이 될 만한 콘텐츠에 관심 많은 발행인과 지적 자산으로 손색이 없는 콘텐츠를 만들겠다는 편집자와의 갈등은 새삼스러운 일이 아니고, 절이 싫으면 중이 떠나야 하는 것도 어딜 가나 마찬가지. 그런 일을 반복해서 겪고 나니 이제 잡지를 만드는 방법은 단 하나, 선배가 직접 발행인이 되는 수밖에 없었다. 그 목표를 이루기 위해 선배는 끊임없이 노력했고, 드디어 성공했다. 초대장은 바로 그 잡지의 창간 파티에 대한 안내였다.

모임 장소는 선배가 운영하는 바(bar). 탁자 너덧 개가 빠듯하게 들어가는 줍디줍은 공간으로 철거 예정 지역인 홍대 거리의 이층 하나를 세 얻어 만든 곳이었다. 생활을 꾸리기 위한 근간이자 잡지를 만들기 위한 여러 가지 준비, 사람을 만나고, 기획을 하고, 기본 자금을 마련하는 모든 일이 그곳에서 이루어졌다. 축하하러 온 사람이 제법 많았는데, 그 사람들의 면면이 참 뭉클했다. 그간 선배의 인간관계는 함께 잡지를 만들고 싶은 사람과의 관계라고 해도 과언이 아니었다. 좋은 사진작가, 글쟁이 그리고 디자이너까지. 언제 뭉쳐서 맘에 맞는 잡지 하나

같이 만들자는 말, 그곳에 모인 사람들 가운데 듣지 않은 사람이 없었다. 그리고 그 사람들이 새로 시작한 잡지의 콘텐츠와 디자인과 영업에 동참해주었다. 각자 업계 최고의 대우를 받을 만한 실력가들이었지만 아무런 대가도 받지 않았다. 따끈따끈한 잡지를 한 장 한 장 넘기며 사십대 중반이 되도록 변치 않은 한 남자의 꿈과 그 꿈에 아무런 대가 없이 동참해준 우정을 보자니 마음이 뭉클했다. 세월은 가고 사람은 늙지만 꿈은 남는구나.

그날 모임에서 가장 인상적인 것은 벽 한쪽에 깃발처럼 나부끼는 지폐들이었다. 대부분은 천 원짜리였는데, 중간중간 각국의 지폐들도 섞여 있고, 아예 지폐들을 묶음으로 만든 다발도 있었다. 이게 다 무언가 물었더니 들려준 사연이 이러했다.

어느 날 '바'를 드나들던 손님 가운데 한 명이 언제고 잡지를 만들겠다는 선배의 바람을 듣더니 그래요, 그럼 나도 투자할게요, 하면서 계산하고 나가는 길에 천 원짜리 한 장을 탁자 위에 꺼내놓았다고 한다. 선배는 그 마음이 고맙고, 그 한 장에 자극받은 바도 있어서 돈을 눈에 잘 보이는 벽에 붙였다. 처음에 그건 한 장의 지폐였다고 한다. 그런데 그 손님은 올 때마다 그렇게 천 원짜리 한 장을 꺼내놓았다. 벽에 붙은 지폐가 늘어날 무렵, 다른 손님들이 물었다. 저 돈은 뭐죠? 아, 그건 이러저러해서 어느 손님이 주고 가신 겁니다. 그래요? 그럼 저도 보탤

게요. 다른 손님도 주머니를 열었다. 그리고 또다른 손님도. 가끔 만 원짜리도 붙었다. 어떤 날은 달러가, 어떤 날은 페소가, 또 어떤 날은 유로가 차곡차곡 붙어서 그동안 모인 것을 묶은 것이 가운데에 있던 다발이었다.

물론 그 금액으로 선배가 당장 할 수 있는 것은 아무것도 없었다. 하지만 그 작은, 그래서 더 큰 돈을 보면서 선배가 할 수 없는 것이 대체 무엇일까. 꿈이 있고, 꿈을 믿어주는 사람이 있는데 불가능은 없을 것이다.

사십대 중반, 장래희망 같은 걸 말하기는 너무 늙어버린 나이다, 생활에 쪼들려 모험은커녕 더이상 꿈도 갖기 힘들다, 어쩌면 복권 당첨이 가질 수 있는 유일한 소망이다, 흔히들 투덜대는 그 나이에 첫발의 꿈을 디딘 사람을 보고 있자니 눈물이 나도록 부러웠다.

선배가 새로 창간한 잡지는 앞으로도 한동안은 선배를 믿고 응원하는 사람들의 우정에 기대서만 만들어질 것이다. 그 이후의 일은 어찌 될지 모른다. 우정의 힘으로 자립이 가능할지, 그저 꿈 한번 펼쳐보고 만 해프닝에 그치게 될지 그러나 설령 후자의 결과가 생겨도 선배는 행복할 것이다. 사십대 중반의 자아실현, 그게 어디 말로라도 쉬운 일이던가.

선배와 헤어지고 돌아오는 길에, 아직 삼십대였던 나는 다가올 내 나이 마흔을 생각했다. 그날이 오면 나는 무엇을 할 것인

가. 여전히 남아 있을 내 꿈은 무엇인가. 그게 나이와는 상관이 없다는 사실을 확인했으니 그래도 조금 다를 것이다, 생각하고 설렜는데, 아직 뭘 이룬 것 같지는 않다. ✳

참 괜찮은 눈이 온다

겨울도 깊어가는데, 아직 서울은 이렇다 하게 눈이 내릴 기척이 없다. 간간히 올지도 모른다던 눈은 흐린 바람만 피워내거나 추적추적 비로 오시고야 만다. 눈이 오지 않으니 겨울도 겨울 같지 않다. 매운바람이 제아무리 꽁꽁 불어도 어설프다. 눈이 온다고 뛰어나가 만날 사람이 있는 것도 아니고, 그럴 형편도 아니면서 하늘이 낮게 내릴 때마다 공연히 창가를 서성거린다. 창밖을 기웃거리다보면 내가 기다리고 있는 것이 눈인지 일상의 변화인지 알 수 없다는 생각이 든다. 혹 어딘가로 내쳐 퍼붓고 싶은 마음이 내 안에 둑처럼 고여 있는 것은 아닌지.

오래전에 눈 속에 한 사람을 두고 온 적이 있다. 스무 살 초반, 어리다면 어린 나이일 때였다. 위로가 필요해서 찾아온 사람이었다. 이야기를 들어줄 사람이 필요했을지도 모른다. 하지만 그때 나는 나보다 오랜 세월을 산 사람의, 내가 겪지 못했던 삶을 들어줄 만큼 성숙하지 않았다. 그런데도 어른인 척하느라 그 사람과 마주앉았다. 함께 술도 마셨다. 술에 취한 상대가 탁자 위에 엎드려 잠이 들자 비로소, 어떻게 해야 할지 나는 모른다는 사실을 깨달았다. 깨워야 할지, 기다려야 할지 잠시 고민하다가 춥지 않게 옷만 덮어주고 그 자리를 빠져나왔다. 나 혼자만 안전한 집으로 들어와 푹 자고 일어나니 밖에는 한바탕 푸짐한 눈이 내려 있었다. 안 그래도 힘든 사람을 추운 데 버려두고 온 것 같아 그제야 미안했다. 그와는 그후로 연락이 끊겼다. 그래서 더 오래오래 미안했다.

내리는 눈을 보면 가장 먼저 떠오르는 것이 미당의 시 한 대목이다. '괜찮다, 괜찮다, 괜찮다'로 시작하는 「내리는 눈발 속에서는」라는 시. 미당은 그게 눈이 내리는 소리라고 했다. 그렇게 내리는 눈 소리를 나도 들은 적이 있다.

지금도 그 술집이 있는지 모르겠다. 돼지갈빗집이 많은 마포의 뒷골목 지하 어딘가에 있는 술집이었다. 주인은 젊었을 때 영화 현장에서 스태프로 일했다고 했다. 벽마다 오래된 포스터와 해묵은 영화 소품들이 가득했다. 술값은 그다지 싸지 않았던 것 같다. 오히려 좀 비싼 편이었다. 송별식이 아니었다면, 구조조정으로 인한 송별식이 아니었다면 평균 나이가 서른도 되지 않는 한 떼의 무리들이 아무리 술에 취했다고 해도, 양주를 파는 라이브 술집까지 우르르 몰려가지는 않았을 것이다.

그날의 주인공은 나였다. 그러니까 내가 바로 해고대상자였다. 구조조정을 당하기에 좋은 사람이 어디 있을까마는 그래도 나는 좀 심했다. 시간이 남는다고 놀아줄 애인이 있는 것도 아니고, 틈틈이 여행도 다니고, 책도 좀 읽으면서 머리를 식힐 만큼 모아놓은 돈이 있는 것도 아니고, 어서 빨리 재취업 전선에 나서자니 전문가도 아니고, 자격증도 없이 뭔가 새로운 일을 시작하기에는 본격적으로 어정쩡해지는, 여자 나이 서른이 된 참이었다. 남아 있는 방법이라고는 천천히 앞일을 도모하기 위해 일 년 넘게 깨어나지 않는 식물인간 아버지가 기다리는 집에 백수로 돌아가야 하는 그런 날이었다. 그렇게 사연이 많은데 주인공이 아니면 오히려 이상하지 않은가. 술도 안주도 대화 소재도 모두 내 취향에 맞게 준비되었다.

그리고 자정 무렵, 다른 손님들은 진작 떠났고, 우르르 몰려갔던 우리 패거리들 중 절반도 이미 손 흔들며 귀가했고, 남은 절반은 취할 대로 취해 정신은 제대로 챙기고 있는지도 모를 무렵, 역시 취한 선배가 이제 그만 연주를 접을까 말까 고민하는 라이브 밴드에게 다가가 부탁했다. 이 친구, 노래 부르게 반주 좀 해주실래요? 선배의 손끝에 걸려 있는 사람은 바로 나. 맞지 않는 음정, 박자에 대한 두려움 때문에 술에 취하지 않으면 공개적인 자리에서는 노래를 하지 않으려는 나였다. 그러나 시간은 신데렐라 마차도 호박으로 변한 자정 이후. 주인이 오케이 사인을 내리기도 전에 벌떡 일어나 무대에 올라갔다.

정확히 몇 곡의 노래를 불렀는지는 기억나지 않는다. 한 시간쯤은 쉬지 않고 뽑아대지 않았을까 싶지만 어쩌면 일이십 분에 불과할 수도 있다. 하지만 그날 무대에 섰을 때의 느낌은 지금도 잊히지 않는다. 노래를 부를 때 내 가슴을 탁 치며 터지던 거친 호흡도 생생하다. 살면서 내가 정말 최선을 다해 무언가 한 일이 있다면 그중 하나는 바로 그날 무대에서 노래를 부른 일일지도 모른다. 늘 흥얼거리던 유행가 몇 곡이지만 열심을 다해 불렀다. 그렇게 부르고 있자니 고인 시간도 흐르는 것 같고, 막힌 벽도 무너지는 것 같고, 일찍 늙은 청춘도 아직 살 만한 것 같았다. 인생에는 원래 그런 순간이 있는 법이다. 아주 사소한 진지함으로 태산 같은 막막함을 훌쩍 뛰어넘는 순간.

노래를 마치고 밖에 나오니 눈이 퍼붓고 있었다. 그때까지 서울에 내린 눈 중 최대의 폭설이었다. 이미 발목을 넘게 쌓인 눈 때문에 도로에는 차가 거의 보이지 않았다. 택시를 잡다가 포기한 몇몇은 근처 여관으로 발길을 돌리고 나는 집 방향이 같은 친구와 걷기 시작했다. 중간에 차를 한 번 잡기는 했지만 도로 사정 때문에 운전사는 얼마 달리지 못하고 운전을 포기했다. 그래서 결국은 다시 걸어야 했다. 마포에서 집이 있는 옥수동까지 걸어가기는 쉽지 않았다. 그 긴긴 거리를 우리는 거의 한마디도 나누지 않고 걷기만 했다. 속에 있던 묵은 것들을 이미 다 토해낸 후라 내게는 남아 있는 이야기도 없었다. 그칠 줄 모르고 계속 쏟아지는 눈 때문에 걷기도 쉽지 않았다. 하지만 내 마음은 그 어느 때보다도 가벼웠다. 더한 눈이 쌓여도, 더 먼길을 걷는다 해도 괜찮을 것 같았다. 그랬다. 그날 함박함박 떨어지던 눈이 내 귓가에서 그렇게 말했다. "괜찮다, 괜찮다, 괜찮다."

그 소리를 듣고 있으니 정말 모든 게 다 괜찮아졌다. 아무 일도 일어나지 않은 것 같고, 아무 일도 일어나지 않을 것 같았다. 세상 모든 게 다 안온하고 안전하게 여겨졌다. 그 소리를 들으면서 아주 오랜만에 그 어느 날 혼자 두고 온 사람도 생각했다. 그날 집에 돌아오던 길에 이미 눈은 시작되고 있었다. 어쩌면 어이없이 혼자 술집에 남겨진 그에게도 푸짐하게 내리는 눈이 내 대신 위로를 해주었을 것이다. 그리고 그 위로는 사람은 모르고, 사람은 하지 못하는 그런 것이었을 것이다.

어렸을 때는 눈이 내리면 마냥 신나고 즐겁더니 나이를 먹으면서는 마음이 애틋해진다. 그게 "괜찮다" 소리를 듣고 난 이후부터 생긴 감정인지는 잘 모르겠다. 어쨌거나 그 소리와 함께 내 서른이 시작되었다. 그리고 누구도 듣지 못하는 소리를 비로소 들으면서, 내 삶도 한결 깊어졌다. 춥고 흐린 날, 그게 창밖의 날씨든 내가 처한 인생이든 마음을 낮추면 세상 모든 만물은,

그 안에 깃든 마음은 다 괜찮아질 수 있다. 나는 우선 그것만
으로도 고맙다. ✽

성공 대신 성취

1997년 겨울에는 대통령 선거가 있었다. 개표방송은 역전의 역전을 거듭하는 드라마였다. 대학로에 있는 한 술집에서 나는 그 방송을 보았다. 크리스마스가 일주일쯤 남아 있었다. 문청들에게 그 시기는 연락이 올까, 안 올까를 견디는 시기다. 대략 신춘문예 당선 통보가 크리스마스 전후로 온다고 알려져 있기 때문이다. 자정이 가까워질 무렵 판세가 여당 후보 쪽으로 완전히 넘어가기 시작했다. 세상에는 어쩔 수 없는 2등이 있어. 자조하며 술을 마시고, 취해서 잠이 들었다. 자고 일어나니 또 한번 세상이 바뀌었다. 야당 후보의 마무리 역전극. 어어, 놀라고 있는데 전화가 걸려왔다. 당선 통보였다. 세상을 다 얻은 것 같았다.

정말 세상을 다 얻은 것 같았다. 야당 후보의 역전극과 당선 통보라니 계시 같았고, 행운의 전주곡 같았다. 당선 이상의 문운이, 작가로서의 탄탄대로가 열리는 줄 알았다. 어디선가 울리는 팡파르 소리가 들리는 것 같았다는 말은 농담이고 과장이지만, 그만큼 좋아해도 되는 줄 알았다.

그러나 행운은 그날 하루뿐이었다. IMF가 터졌고, 자고 일어나면 폐간되는 잡지가 늘어나는 마당에 청탁이 있을 리 없고, 용기 있게 출판사에 들이밀 만한 작품도 갖고 있지 못했다. 세월을 속절없이 보내는 가장 좋은 방법은 절치부심하는 대신 원망하는 것이다. 남 탓하고 세월 탓하고 질투하고 의기소침하다 보니 한 것 없는 시간만 빠르게 흘렀다. 처음 오 년 정도는 신춘문예 당선자 특집 말고는 어떤 지면도 얻지 못했다.

그러다 서른 살이 되었다. 최승자 시인은 '이렇게 살 수도 없고, 이렇게 죽을 수도 없을 때/서른 살은 온다' 했는데, 나는 조금 반대였다. 서른 살이 되자 이렇게 살 수도 없고, 이렇게 죽을 수도 없는 일만 생겼다. 구조조정으로 인한 실직에, 식물인간이 된 아버지에, 도망치듯 결혼할 남자도 없었다. 끝도 없이 나쁜 일만 찾아왔다. 바닥이란 게 있다면 이런 거겠구나 싶어질 즈음에는 차라리 마음이 편안해졌다. 발버둥도 썩은 동아줄이나마 잡고 있을 때에 치는 거지, 발바닥이 이미 땅에 닿았다 싶으면 그도 못한다.

하루하루 까먹을 적금 잔고도 없던 그 시기에 나도 모르게 소설을 썼다. 달리 할 일이 없었다. 참 희한하게 청탁도 왔다. 유명 문예지도 아니고, 원고료를 주지 않는 곳도 있었지만, 눈물나게 고마운 격려였다. 서른이 넘어도 여전히 칭찬으로 먹고사는 철부지 같던 나에게는 특히 그랬다. 그 격려 덕분에 먹고사느라 바빠 쓰지 못하던 소설을, 먹고살 수도 없으면서 쓰게 되었다. 여전히 다작은 아니었으나 돌파구였다. 물론 그렇다고 해서 비로소 문운이 만개하여 승승장구한 것은 아니었다. 그러나 어쨌거나 내가 소설 쓰는 사람으로서 이름을 갖게 되었다면 그건 바로 그 시절의 절망과 어떻게든 싸워온 일종의 상흔이다.

정리하자면 새옹지마의 인생 역정. 그러나 조금 다르다. 좋은 일도 아주 좋지는 않았고, 나쁜 일도 아주 나쁘지는 않았다. 당시에는 크게 좋았고, 당시에는 처절하게 비참했던 일도 세월이 지나서 보니 그저 그런 일들이다. 그리고 그것들을 그저 그런 일로 만든 건 결국 그 시절 내가 가지고 있던 내 삶의 태도였다. 좋은 일을 아주 좋은 일로 만들지 못한 이도 나였고, 나쁜 일을 아주 나쁜 일로 치닫게 하지 않은 이도 나였다.

인생의 모든 우여곡절의 책임이 자신에게 있다고 생각하지 않는다. '하면 된다'라는 구호를 좋아하지도 않는다. 오히려 개인의 능력과 성실과 비전을 간단하게 묵살하는 시스템이 존재한다고 생각하는 쪽이다. 세상의 모든 불합리와 실패와 차별을 개인의 노력 여하로 돌리는 사회가 가장 비겁하다고 여전히 믿는다. 그러나 그렇더라도 그 모든 절망의 바탕에 개인의 책임이 전혀 없다고 말할 수는 없지 않을까. 성공은 시스템의 문제일 수 있지만, 성취는 온전히 개인의 몫이기 때문이다.

아마도 가판대의 신문이 가장 많이 팔리는 날이 바로 1월 1일이 아닐까 싶다. 신춘문예 당선자가 발표되는 날. 결국 이름이 불린 이들 대신 끝내 이름이 불리지 못한 이들이 자신의 절망을 확인하기 위해 신문을 산다. 자신의 패배를 들여다보기 위해 지면을 들여다볼 것이다. 그들에게 말해주고 싶다. 당신이 놓친 성공 대신 당신의 패배가 이룰 성취를 기약하라고. 우리의 성취가 같은 길에서 아름답게 만나기를. 실패한 이들의 문운을 빈다. ❄

해바라기를 심었더니 그리움이 피네

봄이 오기 얼마 전, 친구의 생일 모임에 갔다가 유행한다는 캔 화분 하나를 선물로 받았다. 뚜껑을 따고 물만 주면 어렵지 않게 꽃을 볼 수 있다고 했다. 여러 종류의 꽃 가운데서 원하는 것을 고르라기에 해바라기를 골랐다. 목련처럼 덩치 큰 꽃들에 대해 약간의 공포심을 느끼는 편이지만, 해바라기만은 예외다. 어려서 살던 집 근처 공터에 무리 지어 피어 있던 해바라기에 대한 기억 때문인 것도 같고, 노란색을 좋아하기 때문인 것도 같다. 어쩌면 두 가지 다 이유일 수 있다.

호기심에 꽃씨를 받긴 했지만 은근 걱정도 됐다. 동물이든 식물이든 나는 제대로 키워본 적이 없다. 길에 강아지가 어슬렁거리고 있으면 다른 길로 돌아가고, 학교 교문 앞에서 파는 병아리도 피해 다닌다. 식물이야 그렇게 애써 피할 것까지는 없지만, 작정을 하고 키워본 적은 없다. 알아서 자란다는 선인장도 내 손에서는 시들었다. 아니 시든 것은 아니다. 시키는 대로 가만히 뒀다가 어느 날 느낌이 이상해서 흔들어보니 뿌리가 죄 썩어 짓물러 있었다. 물 한 번 준 적 없는데도 그랬다.

딱 한 번 뭘 키워보려고 했던 적이 있는데, 초등학교 때였다. 환경미화 심사를 앞두고 담임선생님이 반 아이들에게 꽃씨를 심은 화분을 하나씩 가져오라고 시켰다. 육십 명이나 되는 반 아이들의 화분 가운데서 유일하게 싹을 틔운 것이 내 화분이었다. 어설프게 틔운 세 개의 싹을 보고 얼마나 좋아했는지 모른다. 그런데 다음날 학교에 가보니 그 싹들이 다 뽑혀 있었다. 반 아이들은 전부 누가 그랬는지 모른다고 죄다 시치미를 떼고 있었다. 일부러 뽑은 흔적이 역력하나 증거가 없었다.

그런 일을 겪고 나니 뭘 키우는 데 정나미가 떨어졌다. 한편으로는 그렇게 무참히 뽑힌 싹들이 새삼 억울해서, 언제고 제대로 한번 키워보리라 싶기도 했다. 그러던 차에 캔 식물을 선물받은 것이다. 기르기도 쉽고, 음료수 캔과 같은 크기로 공간도 많이 차지하지 않고, 무엇보다도 내가 좋아하는 해바라기라니 한번 시도해보고 싶기는 했다. 여전히 자신은 없었지만 자꾸 욕심이 났다. 나이를 먹는 탓일까.

아버지가 고추 모종을 베란다에 심어 가꾼 것은 임대아파트를 분양받아 온전히 당신만의 공간이 생겼을 때였다. 제대한 동

생까지 같이 살기에는 집이 비좁아 나와 언니가 따로 나가서
살았는데, 어느 날 집에 들렀더니 베란다 바깥쪽에 스테인리스
로 만든 난간이 만들어져 있었다. 흙을 채운 난간이었다. 그 안
에 작은 모종 몇 그루가 심겨 있었다. 고추 모종이라고 했다.

독립해서 살던 곳이 집에서 멀지도 않았거니와 세탁기를 마
련하지 못했던 터라 주말이면 빨랫감을 들고 집으로 왔는데,
세탁기를 돌리는 동안 앉아서 귀를 기울이면 쑥쑥 모종이 자
라는 소리가 들리는 것 같았다. 아버지는 무언가를 기르고 가
꾸는 데 상당한 소질을 타고난 사람이었다. 그해 여름 아버지
가 심은 고추 덕분에 창밖은 푸르디푸르러서 앉아서 내다보면
숲에 지은 별장에 있는 것 같은 착각도 들었다. 집에 갈 때마다
아버지는 울창하게 자란 고춧대에서 풋풋한 고추를 따서 밥상
에 올려놓아주곤 했다. 내년에는 상추도 같이 심을까보다. 아버
지는 들뜬 목소리로 말했지만, 이듬해 갑작스레 뇌출혈로 쓰러
지면서 그 바람은 이뤄지지 못했다. 새삼 식물을 기르자니 그
때 아버지 생각이 나기도 했다.

그렇게 식물을 기르기 시작한 지 한 달. 나는 식물과 사랑에
빠져버렸다. 식물을 기르는 일이 해보니 여간 재미있는 것이 아
니다. 처음 일주일간은 싹이 날 기미가 보이지 않아 애가 탔다.
설상가상으로 나는 씨앗이 들어 있는 캔을 한 번 쏟기까지 했
다. 책상에 쏟아진 삼분의 일쯤 되는 흙을 손으로 조심스레 쓸

어 담았다. 그러느라 씨앗을 흘린 것은 아닌지, 아니면 너무 깊이 심는 바람에 덮인 흙이 무거워서 싹을 못 틔우는 것은 아닌지 발을 동동 굴렀다. 가까이 두고 키우겠다고 내 책상 위에 두었다가 내 눈에 자주 안 보여도 싹을 틔우는 게 우선이 아닌가 싶어서 햇볕 잘 드는 회의실 탁자로 옮겨두었다가 그렇게 들락날락하면서 또 걱정했다. 깡통에 흙만 들어 있으니 누가 재떨이로 오해하면 어떡하지?

싹을 발견한 건 동료였다. 주말을 보내고 출근한 어느 아침, 회의실 문이 살짝 열리면서 동료가 내게 손짓을 했다. "싹이 텄어요." 그 깡통이 재떨이가 아니라는 걸 알고 있는 직원들 가운데 한 명이었다. 서둘러 뛰어가 보니 푸르고 통통한 떡잎이 쑥 올라와 있었다. 그 모습이 어찌나 사랑스러운지. 눈물이 다 나려고 했다.

이후 나의 하루는 식물과 함께 시작한다. 출근하는 동시에 컵에 생수를 가득 받아서 나 한 모금, 꽃 한 모금 마신다. 점심을 먹고 난 후에도 마찬가지다. 싹을 틔운 후에는 물을 조금 자주 주어야 한다기에 퇴근하기 전에도 잊지 않고 확인해본다. 잎사귀를 손으로 살짝 눌러서 촉촉함이 느껴지면 수분이 충분한 상태라는 것도 저절로 깨닫게 됐다. 잎사귀가 건조하면 한번 더 사이좋게 물을 나눠 마신다.

하루가 다르게 쑥쑥 키를 높이는 해바라기를 보면 아버지 생각이 난다. 해바라기 줄기가 아버지가 키우던 고춧대를 닮아서가 아니라 자라는 모습이 그렇다. 떡잎이 나고 줄기가 자라면서 곁잎들이 생기는 줄 알았는데, 그게 아니다. 떡잎 사이로 꽃처럼 새잎이 자라고, 그 잎 속에서 또 새잎이 자라면서 줄기가 된다. 떡잎이 새잎을 낳고, 그 잎이 또다른 잎을 낳는 꼴이라고나 할까. 그러는 동안 떡잎은 아무도 모르게 시들어서 툭 떨어진다. 식물도 세대가 있구나, 하는 생각이 들면서 어린 자식 튼튼하게 맨 위로 밀어올려놓고 소리 없이 시들어 떨어진 아버지 얼굴이 어른거린다. 그 어느 여름, 고춧대 푸르게 키우면서 아버지도 그런 생각을 하셨을까.

어느 날 출근해서 화분을 들여다보니 드디어 꽃받침이 맺혔다. 이제 노랗게 해바라기 피어날 것이다 생각하니 가슴이 떨렸다. 아버지에게 들고 가서 나도 이렇게 잘 키운 식물 있다고 자랑하고 싶은데, 이 세상에 계시지 않으니, 아버지가 밥상에 풋고추 따서 올려주던 것처럼 꽃봉오리 맺힌 날 무덤가에 올려놓으면 기뻐하시려나.

나이 먹어 처음 식물을 기르면서 그리움을 배운다. 해바라기를 다 키우고 나면 제대로 된 화분에 씨앗을 심어볼까. 조금 더 용기가 나면 아버지가 그랬던 것처럼 베란다에 고추 모종을 심을지도 모른다. 마음에 그리운 것 있는 분들은 화분에 씨앗 한 번 뿌려보면 어떨지. 어떤 그리움은 꽃으로 피어나기도 한다. ✺

아이는 어쩌고?

　몇 년 전 한 문예지의 편집위원을 맡았다. 한동안 작가로서의 활동에 소홀했던 터라 편집위원이라는 자리를 맡는 일은 어쩌면 무모한 결정이었는데, 제안이 온 순간 일 초의 망설임도 없이 흔쾌히 수락했다. 억지로라도 뭔가 도모하고 싶던 차에 받은 제의였다. 쓰지도 읽지도 못하는 작가로서의 삶은 이제 그만두고 싶던 때였다. 편집위원이라는 역할을 수행하려면 쓰고 읽기를 게을리할 수는 없을 터이니 그렇게라도 하면 작가로서의 정체기를 어떻게든 벗어날 수 있을 것 같았다. 되돌아보니 내가 걸어온 모든 자리는 무모하게라도 시도했을 때 한 걸음이나마 앞으로 나아갔다. 염려하고 망설이고 현실과 타협하면서 이루고 성취한 일은 없었다.

　그 결정을 남편에게 알리자 첫 반응은 걱정이었다. "아이는 어쩌고?" 아직 초등학생이던 아이는, 24시간 엄마의 보호를 받는 전형적인 전업주부의 아이였다. 책을 만들기 위해서는 집에서 나가야 하는데, 내가 밖으로 나가고 없는 동안 아이를 누가 돌볼 것인가에 대해서는 아무런 대책도 마련해놓지 않았다. 글쎄, 아이는 어떡해야 하지. 남편의 말을 따라 중얼거리며, 그러나 뭔가 이상했다.

생각해보면 문예지 편집위원에게 필요한 덕목은 문학의 시대적 흐름을 읽고, 비판하고, 묻혀 있는 혹은 소외된 작가들을 세상 밖으로 나올 수 있게 하는 능력이지 아이를 건사하거나 살림을 꾸리는 일은 아닐 것이다. 그럼에도 작가로서 뭔가를 해야 할 때, 내게는 늘 그 질문이 따라붙는다. 어미 노릇, 가사노동자 역할 제대로 못하면서 소설 쓴다고 설쳐도 되나. 나뿐 아니라 내가 아는 여성 작가들은 종종 그런 고민과 자책과 열등에 시달린다. 인정을 받든 못 받든, 그럼에도 열심히 쓰든 그리하여 열심히 쓰지 못하든 말이다. 어떻게 문제를 해결하나 종종 눈여겨보는데 별다른 방법은 없다. 친정이나 시댁 혹은 이웃의 도움을 받거나 그도 안 되면 업무 스케줄에 아이와 동반하기도 한다. 사인회에서, 강연에서, 편집회의에서 엄마가 작가로서의 임무를 수행하는 동안 아이는 한쪽 구석에 앉아 숙제를 하는 식이다. 엄마로서도 작가로서도 뭔가 편치 않은 동반이지만 그래도 그런 상황이나마 가능한 경우는 운이 좋다고 봐야 한다. 그마저도 불가능할 때가 많다. 대신 돌봐줄 누군가도 없고, 동반하여 움직일 수도 없고, 혼자서 집에 있으라고 할 수도 없을 때, 그런 순간이 오면 어떡해야 할까.

이제까지 나는 작가로서의 의무와 권리를 포기하고 집에 남았다. 그렇지만 이번에는 고민하고 싶지 않았다. 답을 찾아서가 아니라 답을 고민하는 순간 또다시 포기할 것 같았기 때문이다. 그래서 아이를 기르는 작가는 많지만 아이 때문에 이렇게 오래 문밖으로 나가지 못하는 작가는 나밖에 없는 것 같다고, 일단 저질러보고 싶다고 대답했다.

아이를 낳기 전 아니 결혼을 하기 전에도 작가로서의 삶이 쉬운 건 아니었다. 우리 사회에서 창작은 개인의 가치와 꿈의 영역이지 그 대가로 정당한 자본을 얻는 일은 아니다. 고정적인 수입과는 거리가 멀다. 일정한 생산량을 맞출 수도 없고 당연히 일정한 수입을 기대할 수도 없다. 그래서 대부분의 작가들은 창작과 무관한 노동을 통해 생계를 지속한다. 한국에서 여성 노동자가 겪는 고용불평등의 현실과 여성으로서 겪는 여러 가지 불편과 차별의 시선은 작가라는 삶을 택한 사람에게도 마찬가지다. 작가라는 불안한 정체성을 유지하기 위해 택한 현실에서의 노동마저 여자라는 이유로 차별받거나 배척받을 때가 적지 않다. 비혼 여성 노동자로 살 때, 내가 가장 많이 들었던 말은 "결혼해서 남편이 벌어다주는 돈으로 편하게 글을 쓰지그래"였다. 그 말을 믿고 결혼한 건 아니지만, 결혼해보니 그 말은 결혼이라는 제도의 현실을 몰라도 너무 모르는 말이었다. 창작이라는 행위의 비생산성은 나 자신에게만 미치는 것이 아니라 가족 전체에게 영향을 미쳤다.

몇 년 전 한 남성 평론가가 트위터에 이런 글을 올린 적이 있다. "문학계에 여성 작가가 많은 것은 상대적으로 생계에 대한 부담이 적기 때문이다. 팔리면 좋고 그렇지 않아도 상관없다. 부모 또는 남편이 있기에."

이 문장은 일차적으로 나를 비롯한 결혼한 여성 작가들의 강한 반발을 불러왔다. 모든 결혼이 여성에게 생계를 의탁하게 해주지도 않지만 생계를 보장받는다 해도, 보장받은 이는 가사(육아) 노동자이지 글쓰기 노동자가 아니기 때문이다. 비혼 여성 작가가 생계에 대한 곤란으로 글을 쓰지 못할 때, 기혼 여성 작가는 생계에 대한 대가를 치르느라 글을 쓰지 못한다. 팔려도 좋고, 그렇지 않아도 상관없다는 문장이 글을 쓰는 작가적 태도에 대한 폄하로 느껴지는 것도 반발의 한 부분이었다(나는 사실 '부모'가 있어서라는 부분에 대해서도 반박하고 싶었다. 성인이 된 후 내게 있어 부모는 생계를 책임져주는 사람이 아니라 생계를 책임져주어야 하는 대상이었다. 나는 그 책임을 지느라 꽤 오래 휴업 작가로 살아야 했다).

기혼 여성 작가들의 반발에 대한 반발도 이어졌다. 앞서의 문장은 생계를 혼자 해결하기 힘든 사회경제적 약자인 여성들의 현실을 반영하는 글일 뿐, 이 문장을 여성 작가에 대한 모독으로 받아들이는 건 지나친 과대해석이자 오해라는 주장이었다. 우리가 주목해야 할 것은 비정규직 등 지극히 불안정한 노동환경에 생계를 의탁해야 하는 여성 노동자들의 현실이지 작가적 태도 같은 부차적 논란은 논점을 흐릴 뿐이라는 것이 다른 한쪽의 주장이었다. 맞는 말이다. 글을 쓰는 일이, 창작을 하는 일이, 예술을 성취하는 일이 먹고사는 것보다 중요할 수는 없다. 그래서 나는 중간에 입을 다물었다. 몇 가지 이유가 있었는데, 가장 큰 이유는 '밥' 때문이었다. 어쨌거나 그 논쟁이 벌어진 시점에 나는 남편이 벌어다주는 밥을 먹는 바로 그 '여성 작가'였다. 그리고 밥 앞에서는 어떤 정의도 무의미하다고 생각했다. 그건 밥을 굶어본 자로서의 경험이었고, 밥 앞에서 무력했던 만큼의 겸손이었다. 밥을 먹을 수 없어 창작을 포기한 이들과 밥을 먹는 대가로 창작을 포기한 이들 중 누가 더 불행한지를 말하라니. 너무나 당연하고 뻔한 결론이었다. 작가로서의 존엄과 정체성은 다시 개인의 의지와 무능으로 돌아왔다.

그 논쟁 이후 한동안 어떤 글도 쓸 수 없었다. 오래오래 마음이 아팠는데, 그건 상대가 나와 다른 생각을 하고 있고, 내가 이해받지 못하고 있다는 생각 때문은 아니었다. 오히려 반대로 이견이 있음에도 불구하고 상대의 입장과 처지, 그 발언

속에 담긴 맥락이 너무나 잘 이해가 되었다. 설득 이전에 형성된 공감이 있으니 더이상 논쟁을 이어나가기 힘들었다. 어쨌거나 우리는 '여성'이라는 이름의 동일한 약자였던 것이다. 약자로서의 연민과 이해가 전제되어 있으니 주장의 이견에 대해 팽팽하게 맞서기 힘들었다. 인간적이지만 생산적이지는 않은 태도였다. 상처가 있더라도 끝내 넘어가서 발전적인 담론을 도출해내는 것, 그것이 논의자로서 올바른 태도겠지만, 나는 나의, 누군가의 상처를 딛고 논쟁을 이어나갈 용기는 없었다. 그래서 나는 말도 글도 모두 멈추었다. 그것이 나의 한계라면 한계였을 것이다. 그러니 그때 내가 받은 상처도 상처가 아니라 후회이거나 혹은 아쉬움일 것이다.

이제 누군가가 다시 한국에서 여성 작가는 어떻게 살아야 하는지를 묻는다면 나는 어떤 대답을 해야 할까. 여전히 내게 그 질문은 "아이는 어쩌고?" 하는 질문으로 들린다. 여성으로서의 삶을 벗어나 작가로서의 삶으로 어떻게 진입할 것인가에 대해 수시로 자문하지만 여전히 나는 답을 모른다.

논쟁은 사라졌지만, 현실은 남아 있다. 그렇지만 이제는 답을 모르면 모르는 대로 일단 나오기로 했다. 나와서 쓰고 읽고 생각하기로 했다. 두려우면 두려운 대로 일단 밖으로 나와 끝내 합의하거나 포기하지 않음으로써 조금씩 다음 단계로 진입할 수 있을지도 모른다고, 그렇게 믿기 시작했기 때문이다. ✳

나무의 노래

나무와 이야기를 나누던 여자아이를 만난 적 있다. 부모와 떨어져 어린 시절을 보낸 그 여자아이는 도시 변두리의 작은 마을에 살았고, 그 마을 근처에는 키 작은 나무들이 웅숭그리고 서 있는 숲이 있었고, 여자아이는 마음이 혼자 떠돌 때마다 그 숲에 갔다고 했다. 나는 나무의 목소리를 들을 수 있어요. 여자아이가 말했다. 그리고 나는 나무에게 노래를 불러주었지요. 부모의 살핌을 받지 못하고 크는 여자아이가 할 줄 아는 유일한 것이 노래였다.

이야기를 들으며 나는 벌거벗은 나무 사이를 쓸쓸하게 배회하는 어린 여자아이의 모습을 상상했다. 차가운 바람과 하얗게 벗은 나무. 이상하다. 왜 그랬을까. 여자아이는 발 벗고 돌아다녀도 좋을 만큼 부드러운 흙과 바람에 흔들리는 잎사귀들에 대해서 말했는데, 그렇다면 그 풍경이 가리키는 지점은 분명 봄이거나 여름처럼 따뜻한 계절 언저리일 텐데, 나는 자꾸 추운 겨울 혼자서 차가운 나무를 쓰다듬는 여자아이의 얼굴을 떠올린다. 이제 더이상 아이가 아닌, 그러나 여전히 여자아이인 아이의 쓸쓸한 표정 때문이었을까.

어쨌거나 나무와 대화하고, 나무에게 노래를 들려주며 살던 그 여자아이는 커서 가수가 되었다. 어린 여자아이들로 구성된 걸 그룹이었다. 그들 중에서 노래를 하는 거의 유일한 멤버였다. 그러나 노래를 하는 사람이 된 후로 여자아이는 그 나무를 찾아가본 적이 없다고 한다. 당연히 나무의 목소리를 들은 적도, 나무에게 노래를 불러준 일도 더이상 없었을 것이다. 그래도 여전히 눈을 감으면 나무들 속에 홀로 누워 있던 어린 날, 우우 바람처럼 귓가에 나부끼던 목소리가 어렴풋이 기억난다고 했다. 어떤 나무들은 마음속에 뿌리를 내린다.

내가 여자아이였던 시절에도 몇 그루의 나무가 있었다. 어느 봄에는 야트막한 산에 올라 포도송이처럼 무겁게 매달린 꽃을 바가지 한가득 담아주던 아카시아나무도 있고, 여름마다 그늘을 내어주던 이름 모르는 나무도 있고, 어린아이 넷이 팔을 뻗어야 안을 수 있는 허리 굵은 느티나무도 있다. 그 나무마다 이야기가 있었다. 어떤 나무는 밤마다 울었고, 어떤 나무는 몸을 떨었고, 어떤 나무는 마을을 지켰다. 개발 열풍에서 오랫동안 소외돼 있던 마을이었다. 아버지의 아버지와 어머니의 어머니가 어려서부터 사귄, 이제는 머리 허연 노인들이 여전히 담 맞대고 살고 있는 마을이었다. 길가에 구르는 돌멩이 하나에 누군가 붙여준 이야기가 끊어지지 않고, 그 아들의 아들에게로 전해지는 그런 마을이었다. 해가 어둑해지도록 학교 운동장에서 놀다가 지친 아이들이 그림자를 깔고 앉아 나무의 전설을 주고받기도 했다.

변두리이기는 하지만, 도시에서 태어나 도시에서 자란 내게 숲에 대한 기억이 있을 리 없다. 여행을 다니며 먼 타지의 숲을 간 적도 있고, 더 멀리 이국의 숲을 간 적도 있으나 그러나 그 숲이 내 마음에 담겨 있을 리 없다. 대신 나는 거대한 나무를 알고 있다. 마을 어귀마다 서 있던 오래된 나무들이 아직 살아 있다는 사실을 알고 있다.

결혼 전까지 줄곧 살았던 마을이 지금은 없다. 사라진 것이 아니라 달라져 있다. 철마다 다른 그림자 드리우던 야산도 없고, 우물이 있던 작은 교회도 없다. 강원도 깊은 산골도 아닌데, 호랑이가 나온다더라는 할아비의 으름장에 지레 놀라 깊은 밤 돌멩이를 던져 당신 인기척을 스스로 만들어가며 아버지가 넘어갔다던 고갯마루도 없다. 그 모든 것들이 사라진 자리에 남은 것은 차갑게 굳은 아스팔트와 오백 년을 살았다는 나무보다도 훨씬 높은 아파트들이다.

모든 것은 개발의 이름으로 사라진 그 자리에, 그러나 여전히, 놀랍게도 나무가 있다. 상징이 아닌 실존으로 나무는 남아있다. 땅의 원래 주인은 사람이 아니라 자연이라는 것을 웅변하듯 그렇게 살아 있다. 그 나무들을 보면서 나는 뭔지 모르는 서늘함에 떤다. 사람을 향해서는 두려움 없던 차가운 삽날이 전설과 세월과 영험을 덧입은 나무를 피해가고 있다는 사실은 무엇을 의미할까. 오만한 인간도 제 위에 있는 자연에 대한 경배는 잊지 않았다는 뜻일까. 아니면 오만한 인간일수록 제 기복을 지키는 데에 더 필사적인 걸까. 그리고 또 궁금하다. 그 나무에 새긴 시간은, 세월은, 전설은 무엇이기에 그토록 강하고 거대한 힘을 가진 걸까. 그 힘은, 그 영험은 그러나 사실 세월일 것이다. 몇백 년의 세월을 버티고 뿌리내린 나무가 어찌 단 한 그루의 생명일까. 그것은 한 그루의 개체가 아니라 군락이다. 홀로 더불어 숲이다. 하나의 몸에 무리를 품고 있으니 그 이상의 영험이 없을 것이다. 그리고 그 영험이 무엇이든, 자연의 영험에 대한 두려움이 우리에게 있다면 아직은 희망이 있는 것 같다. 거대한 콘크리트 숲을 제 한 몸으로 다 막아낸 나무가 자꾸만 방향을 잃고 있는 내 삶을 지켜주지 않을까 기대고 싶어진다.

결혼을 하고 이전에 살아본 적 없던 마을로 이사를 했다. 번화가는 아니지만 도시의 중심이다. 개발의 광풍이 지나갔고, 레고처럼 급하게 조립된 아파트 사이에 계획 없이 심어놓은 나무들이 아무렇게나 서 있는 이곳에도 오래된 나무 몇 그루가 버티고 있다. 저 나무에 내려오는 전설은 무엇일까. 내가 본 적 없는, 이 마을의 오래전 사람들은 저 나무에게 무엇을 빌었을까 궁금해하기도 한다. 용케 살아남은 나무의 전설을 한 번쯤은 죄 모아보고 싶다. 모아놓으면 혹시 우리 삶의 원형을 만날 수도 있지 않을까.

거대한 나무를 조심스레 비껴 지나가며 나는 발끝에서 그 뿌리를 가늠한다. 굳은 아스팔트와 견고한 콘크리트 단지의 폐부를 튼튼하고 깊숙하게 감고 있는 뿌리의 형상을 가늠한다. 그 생기가 우리의 바닥과 닿아 있다면, 이 차가운 거리도, 당신이 깨닫지 못하는 거대한 숲이다. 숲속으로 바람이 불고 있다. ✽

꿈, 견디면 즐거운

한때 내 취미는 팸플릿 모으기였다. 초대를 받아서 갔든, 내 돈을 주고 표를 구입했든 공연장에 도착하면 반드시 팸플릿을 구입했다. 지금도 여전히 그렇다. 그럼에도 한때라고 표현한 까닭은 그 호사를 누려본 지 너무 오래됐기 때문이다. 언제부터 인가 공연장에 가는 발길이 뜸해졌고, 결혼을 하고 아이를 낳은 이후로는 가까운 거리의 외출조차 엄두가 나지 않으니 공연장에 가는 일은 더욱 요원하다.

입시를 준비할 때 내가 처음 지망했던 학과는 연극영화과였다. 연극이 좋았다. 무대에 서는 일도 동경했지만, 희곡을 쓰고 싶었다. 소설가의 꿈이 없었던 것은 아니지만 희곡 작가가 되고 싶다는 소망도 그에 못지않았다. 그러므로 공연을 보고, 팸플릿을 모으는 것은 내 꿈에 근접하고 싶은 욕구의 한 표현이었다. 객석에 앉아서 무대를 바라보고, 팸플릿을 읽으며 그 무대가 만들어지기까지의 역사와 무대에 참여한 사람들의 이력을 읽는 일은 언젠가 내가 이루고 싶은 꿈을 상상하는 과정이기도 했다. 연극영화과 진학에 실패하고 문예창작과에 입학한 이후 가장 열심히 들었던 수업도 희곡론이었다.

내가 다니던 대학은 경기도에 있었다. 시외버스 터미널에서 버스를 타고 통학을 해야 했는데, 학교에 가기 싫은 날이면 터미널 인근에 있는 예술의 전당에 찾아갔다. 특히 좋아하던 장소가 전당 내에 있는 자료실이다. 희곡 자료도 많았고, 이제까지 우리나라에서 공연된 팸플릿이 거의 다 보관되어 있었다. 무료로 이용할 수 있는 영상자료실도 있었지만 그보다는 일층에 있는 자료실에서 희곡을 읽거나 팸플릿을 읽으며 하루를 보냈다. 자판기 커피 한 잔을 뽑아들고, 이런저런 책자를 뒤지다보면 내가 바라는 삶이 벌써 하나의 구체적인 형태로 이루어진 것 같아 괜히 기분이 좋았다.

하지만 대개의 사람들이 그렇듯 내게도 꿈은 꿈으로 남아 있다. 졸업 이후에도 자주 대학로를 기웃거렸지만, 그쪽으로는 내 삶이 이어지지 않았다. 노력이 부족했던 결과일 수도 있고, 내게 맞지 않는 꿈이었을 수도 있다. 아직 이루지 못했을 뿐 언젠가는 이룰 가능성이 있는 목표라고 생각해도 좋겠지만 그럴 것 같지는 않다. 현재의 나는 소설가로서의 내 삶에 만족하고, 더 좋은 소설을 쓰는 일에 내 욕심의 대부분이 맞춰져 있다. 너무 쉽게 꿈을 포기한 것처럼 보이겠지만, 생각해보면 연극을 하겠다는 것은 내가 가지고 있던 아주 많은 꿈들 가운데 일부였다.

나는 꿈이 많았다. 어린 시절에는 발레리나가 부러웠고, 피아니스트가 되고 싶었던 적도 있었다. 오래 품은 꿈도 있고 잠깐 꾸다 만 꿈도 있다. 꿈에도 정도가 있는 것 같다. 되면 좋고, 안 되면 할 수 없는 꿈도 있고, 너무너무 되고 싶지만 애초에 불가능한 꿈이 있고, 이루지 못하면 절대 안 될 것 같은 꿈도 있고.

태어나면서부터 오직 한 가지 꿈만 가지고 평생을 산 사람은 이제껏 보지 못했다. 다들 많은 꿈을 꾸고 산다. 많은 꿈 가운데 하나만 남는 경우도 있고, 중년이 되어서도 여전히 이루고 싶은 꿈이 많은 사람도 있다. 여러 개의 꿈을 조율하고 변주해가는 과정, 그러면서 때로 기뻐하고 때로 절망하는 과정, 어떤 면에서는 그러한 과정이 성장일 것이다.

꿈에 관해 내가 가장 좋아하는 경구는 황동규 시인의 시 「꿈, 견디기 힘든」에 나온다. 그 시의 마지막 대목에서 황동규 시인은 꿈을 이렇게 정의한다. '꿈, 신분증에 채 안 들어가는 삶의 전부'라고. 이루지 못한 꿈이라고 그것이 삶의 일부이거나 백일몽은 아닐 것이다. 내가 꾸었던 그 많은 꿈들은 여전히 내 삶을 이루는 전부다.

삶의 전부. 그런데 이렇게 적고 나니 어딘가 부끄럽다. 전부였다고 말하기에는 내가 그 꿈들을 요즘 홀대하며 살아가는 듯 싶어서다. 어쩌면 공연장으로 향하는 발길이 뜸해진 것은 결혼 이후가 아니라 그 꿈이 더이상 내가 이룰 수 있는 무엇이 아니라고 자각한 순간 이후일지도 모르겠다. 그렇다면 그런 꿈도 과연 내 삶의 전부라고 말할 수 있을까. 이룰 수 있을 때만 성의를 다하고, 아닐 것 같을 때에는 모른 척한다면 '전부'라고 말해서는 안 되는 거 아닐까. 짝사랑도 사랑인 까닭은 그것이 결국 대답 없는 메아리가 될 것임을 아는 순간에도 최선을 다하기 때문이다. 이루어지지 않았어도 그 순간에 대해 평생의 애정과 애틋함을 간직할 수 있을 때 사랑이 사랑일 수 있다면, 꿈에 바친 내 사랑은 사랑이 아닐 것이다.

꿈은 분명 이룰 수 있을 때 더할 나위 없이 좋다. 하지만 나는 꿈을 목적이나 성공, 성취와는 좀 구별하고 싶다. 어차피 삶은 모든 꿈의 성취를 허락하지 않는다. 세상 그 어떤 잘난 천재도 포기해야 하는 부분이 있다. 이루지 못한, 황동규 시인의 표현대로 신분증에 채 안 들어간 꿈이 더 많다. 그리고 어쩌면 그 꿈이 내 삶의 진실일지도 모른다. 실패한 꿈을 대하는 자세, 그 태도가 내 삶의 색깔을 결정하리라. 모아놓은 팸플릿을 뒤적여 날짜를 확인해보니, 열정이 시든 순간과 팸플릿이 사라진 시절이 거의 일치한다. 동시에 팸플릿 숫자가 줄어들기 시작한 이후의 내 삶을 되살펴보니 참 많이 지루하고 팍팍하다. 무언가에 취해 있을 때, 무언가를 향해 달려갈 때 성취 여부와 상관없이 꿈을 꿈 자체로 견딜 수 있을 때 나는, 내 삶은 가장 아름다웠다는 생각이 새삼 든다. 어쩌면 인생의 풍요로움은 꿈을 대하는 태도에서 비롯되는지도 모르겠다.

전국고등학생 백일장 심사를 맡았던 적이 있다. 상위 입상은 입시에서 수시전형 자격이 주어지는 전국 규모의 대회인데다 수시 원서를 쓰기 직전에 치러지다보니 참가인원이 예상을 훨씬 웃돌았다. 어마어마한 숫자의 참가자들을 보면서 함께 심사를 맡았던 작가들끼리 이렇게 문학 지망생이 많은데 왜 문학은 위기인 걸까 씁쓸하게 웃었던 기억이 난다. 아마 그들 중 적지 않은 참가자들이 입상에 실패한 순간 문학에 등을 돌려버릴지도 모른다. 그런데 그런 꿈도 꿈일 수 있을까.

이사를 할 때마다, 모아둔 팸플릿을 버릴 것인지에 대해 고민하게 된다. 집은 좁고 아이가 자라면서 늘어나는 물건도 많은데 오래전에 꾸었던 꿈을 가지고 있는 것이 무슨 의미일까 싶었다. 하지만 나는 결국 그것들을 버리지 못했다. 내게도 꿈은 신분증에 채 안 들어가는 것이지만, 동시에 견디면 즐거운 그 무엇이기 때문임을 믿기 때문이다. 실패해도 버리지 않을 때, 꿈은 꿈 그 이상이 되어줄 것이다. ✱

멈추지 않는 순간

그 유명한 〈미생〉을 웹툰으로는 보지 못하고 드라마로만 접했다. 드라마가 방영되는 동안 나는 누구보다도 열광하는 시청자 가운데 한 사람이었는데, 그럴 수밖에 없는 것이 드라마 〈미생〉 속 장그래를 볼 때마다 어떤 시절이 기억났기 때문이다.

아니, 기억이라는 말은 옳지 않다. 기억이란 지나간 시절을 두고 하는 말이어야 하는데, 그 시절은 이상하게도 지나갔다는 느낌이 들지 않는다. 나는 여전히 장그래의 삶을 살고 있다. 완성되지 못한 삶이라는 의미가 아니다. 사실 삶을 두고 완성이라는 표현을 쓰는 건 좀 이상하다. 삶에는 시작과 끝 그리고 그 사이의 과정이 있을 뿐이다. 그중 어디에서 어디까지의 무엇을 두고 그 삶의 완성에 대해 말할 수 있을 것인가. 전체를 다 살아야 비로소 완성이라면 죽을 때까지 우리는 미생인 것이고,

만족할 만한 일부의 시간만을 완성이라 부른다면 나머지 삶에 대한 예의가 아닐 것이다. 삶은 그저 삶이다. 덜 이룬 것도 다 이룰 것도 없지 싶다.

장그래와 비슷한 나이인 스물다섯 즈음에 대기업 계열의 광고대행사에서 일한 적이 있다. 모기업 자체가 업계 1, 2위를 다투는 곳이라 그 기업의 신입사원이 되는 일 자체가 하늘의 별따기였다. 그중에서도 인재만 뽑아서 보내는 곳이 바로 자신들의 회사라는 자부심으로 가득한 곳이었다. 업종의 특성도 있지만, 그러한 긍지가 더해져 그곳에 속한 사람들은 사원부터 임원까지 나이에 상관없이 젊었고, 패기만만했고, 뛰어난 능력을 갖추었다.

그러나 나는 그들 중 한 명이 아니었다. 심지어 장그래와 같은 계약직도 아니었다. 서른 장이 넘는 이력서를 냈지만 어디에서도 연락받지 못한 나는, 그곳의 아르바이트 사원이었다. 드라마 〈미생〉에서 정규직과 비정규직에게 햄과 식용유로 명절 선물을 차별해서 지급하는 에피소드가 나온 적이 있었는데, 그 회사가 그랬다. 그렇지만 그런 신분과 겹치는 에피소드만으로 나를 장그래와 같다고 생각한 것은 아니었다. 내가 장그래에 대해 갖는 심정적 동질감이 있다면 그것은 변두리 의식이다. 내가 속한 사회의 중심에 한 번도 서지 못했다는 자괴감 혹은 자존감. 자존감은 장그래보다 내가 더 낮았을 것이다. 나는 그 시절

햄도 식용유도 받지 못하던, 아르바이트였으니까.

그런데 드라마를 보면서 내가 떠올리는 건 사회의 중심에 진입하기 위해 아등바등 살아가던 내가 아니다. 식용유를 받고 돌아서던 다른 장그래들도 아니다. 오히려 그 너머의 인물이다. 아무렇지도 않게 당연한 권리로 햄을 들고 나가던, 사회의 정중앙에서 빛나던 이들, 걸어만 다녀도 탄탄한 미래를 아우라처럼 이고 다니던 사람들이다. 언젠가는 내가 되고 싶던 삶이었고, 근처에 가고 싶던 삶이었다. 나는 그들처럼 되고 싶어 그들 곁을 오래 맴돌았다.

하지만 뜻밖에도 그들의 아우라는 채 삼 년을 버티지 못하고 사라졌다. IMF 때문이었다. 평생 신문에 오피니언 리더로나 얼굴을 내밀고 살 것 같던 사람들이 일시에 실직의 그늘 속으로 사라졌다. 그리고 그들처럼 되고 싶어 근처에서 아르바이트를 전전하다 포기하고 마침내 작은 출판사의 정규직이 되었던 나도, 아우라 하나 등에 얹지 못했는데 실직했다. 그들과 나는 비로소 평등해졌다. 그리하여 나는 행복했을까. 아니, 오히려 나는 두려웠다. 태풍이 지나가니 그들도 중앙은 아니었다. 중앙을 향해 닿고 싶은 욕망과 중앙을 향한 부러움과 중앙에 대한 동경이 어떤 순간에는 삶의 동력이 되기도 하는데, 그들이 사실 중앙이 아니라면 대체 무엇을 향해 달려가야 하나 알 수 없었다. 청춘 시절 내가 생각했던 성공의 단계는 겪어보니 그저 사회가 만들어놓은 욕망의 신기루였을 뿐이다. 갈 곳 없고 바라볼 곳 없는 시간 속에서 나는 오랜만에 글을 썼다. 그리고 그 글로 작가가 되었다. 여전히 변두리의 시간을 살지만 태풍의 한가운데 같던 그 폐허는 지나왔다. 생의 다음 순간, 다음 장소로 이동할 수 있다는 것, 그건 참으로 소중한 것 같다. 그 장소에 무엇이 기다리고 있는지는 그다음 문제다.

어쩌면 행복이란 즐겁고 만족 가득한 상태, 그 자체를 말하는 건 아닐 수도 있겠다는 생각이 든다. 그것은 정지되고 멈춰 있는 어떤 순간이 아니라 생의 움직임 그 자체를 말하는 것은 아닐까. 낙천적이고, 그리하여 생의 곳곳에서 행복을 찾는 이들과 틈만 나면 삶의 비의를 찾는 이들과의 결정적인 차이는 바로 움직임에 있는 것 같다.

영화 〈인터스텔라〉의 주인공 매튜 맥커너히는 오스카상 수상 당시 십대 때부터 변하지 않던 자신의 영웅에 대해 말한 적이 있다. 바로 매 순간으로부터 십 년 뒤의 자기 자신이었다. 그리고 그는 말한다. "매일, 매주, 매월 그리고 매년. 제 영웅은 항상 저로부터 십 년이나 멀어져 있습니다. 아마 전 절대로 그 영웅이 되지 못할 겁니다. 갖지도 못하겠죠. 못할 거라는 것도 알고 있어요. 그렇지만 괜찮아요. 내가 끝까지 포기하지 않도록 해주니까요."

미래를 향하여 혹은 다른 삶을 향하여 한번 더 발걸음을 내

딛는 것, 그 의지가 바로 삶의 가장 긍정적인 순간이 아닐까 싶다. 그러하니 모든 생은 멈추지 않는 순간 행복을 향해 다가선다. 수시로 구렁에 빠지겠지만 끝내는 실패할 수 있지만 적어도 목표를 향해 걷고 있다면 우리의 삶은 끝나도 다 끝난 것이 아니다. ❋

안 돌려도, 터닝

서른하고도 두어 살 훌쩍 더 먹었던 어느 해 연말, 게으름에
쫓겨 세수만 겨우 한 얼굴로 모임에 나갔더니 후배 하나가 질
색을 했다.

"언니, 내년이면 예수가 죽은 나이유."

누구는 인류를 구원했다는 나이에 인류는커녕 제 몸 하나
닦고 가꾸기도 귀찮아하는 것에 대한 타박이다. 게을러서 세상
을 어찌 살겠느냐는 소리야 하루이틀 들은 것이 아니라 새삼스
러울 것도 없지만, 예수가 죽은 나이라는 표현에 한 대 얻어맞
은 기분이었다. 물론 나는 메시아의 사명을 띠고 이 땅에 태어
난 적이 없으니 인류의 나아갈 길이야 내 알 바 아니지만, 그래
도 뭔가 의미심장했다. 종교와 상관없이 그랬다. 아, 정말 뭔가
달라져야 하는 거 아닌가.

그렇게 비장한 각오로 맞은 또 한번의 새해 아침은 그러나 아무것도 달라지지 않았다. 따지고 보면 변화와 발전을 각오하지 않은 해가 어디 있던가. 그런 비장함이야 작년에도 재작년에도 있었다. 그렇게 해서 달라진 것? 한 살 더 먹었다는 것밖에 없다. 변화라는 게 마음만 먹었다고 가능한 일은 아니다. 생을 바꾸는 변화라면 더욱 그렇다. 생의 전환점, 이른바 터닝 포인트는 어느 날 갑자기 저절로 찾아오는 것이 아니기 때문이다.

터닝 포인트 하면 한 여자가 떠오른다. 그녀와 나는 잡지사 기자와 프리랜서의 관계로 만났다. 사촌 형제 가운데 잡지사 기자가 있어 어려서부터 꿈이 기자였다는 그녀는 나이보다 성숙해 보였다. 목소리는 부드럽고 나긋나긋하지만, 일 처리는 단호하고 깐깐한 것이 천생 기자 타입이었다. 자신의 일에 대한 긍지도 높았다. 능력도 있어 나이에 비해 진급도 빠른 편이었다. 그런 그녀가 돌연 퇴사를 했다. 그녀 나이 서른이 되던 해였다.

그 바로 직전에 조금 이상한 감이 들기는 했다. 청탁을 하면서 여느 달과는 다른 주문을 했던 것이다. 일을 진행해야 하는 시기에 자신이 사무실을 비우게 될 텐데 아마 전화 연락도 되지 않을 것이고, 자신의 부재는 팀원들도 알지 못하는 내용이니 중간중간 체크 사항이나 문제가 생기면 오직 팀장을 통해서만 이야기해달라는 것이었다. 개인사에 대해 캐물을 만큼 친분을 쌓은 사이가 아니라 더 묻지는 못했지만 궁금하기는 했다.

결혼을 하는데 쑥스러워서 말을 않나 싶었지만, 그렇다면 팀원들이 모를 리가 없었다. 일주일 후에 어디에선가 돌아온 그녀는 여느 때와 다름없이 무심한 얼굴이었다. 그러고는 그 무심한 얼굴 그대로 갑자기 사라졌다. 경기도에 있는 한 중학교로 갔다고 했다. 그녀의 옆자리에 있던 다른 팀원이 이유를 설명해주었다.

"글쎄 우리도 감쪽같이 몰랐다니까요. 일 년 내내 임용고시를 준비하고 있었대요."

내용을 알 수 없던 그녀의 부재 기간은 교사 임용을 위한 연수기간이었던 것이다. 그제야 기억났다. 기자 노릇 딱 서른 살까지만 할 거예요, 라고 다부지게 말하던 그녀의 목소리. 그때는 그 말이 서른 살에 결혼하겠다는 말인 줄 알았다. 마침 결혼에 대한 농담을 주고받던 끝에 나온 말이었기 때문이다. 드라마에서는 세련된 옷 입고 멋지게 취재 다니는 직업이지만 실제로는 마감 때마다 며칠씩 집에도 못 들어가고, 밥먹듯이 밤새우고, 여간 부지런하지 않고서는 취미도 자기 투자도 불가능한 직업이 바로 기자다. 그녀의 색다른 행보에 멋지다, 소리가 절로 나왔다. 어찌 멋지지 않을 수가 있을까. 또래의 다른 사람들이 노래방 마이크 붙잡고 〈서른 즈음에〉나 부르며 청춘은 다 간 듯 세월 한탄하고 있을 때 제 할일 야무지게 다 하면서 남들은 잔치 끝났다 남은 인생 설거지하듯 살아갈 때 새로운 옷 갈아입고, 전혀 다른 생으로 과감하게 뛰어들었으니 그보다 더 멋진 터닝 포인트를 또 어디서 볼 수 있으랴 감동하고 또 감동했다. 나도 그 감동을 밑천으로 언젠가 한 바퀴 멋지게 턴하리라, 새롭게 살아갈 방향을 찾으려 고민하기도 했다. 타고난 게으름으로 결국 이렇다 할 성과는 거두지 못했지만 말이다.

그런데 서른, 하고도 십여 년 세월을 폴짝 뛰어넘긴 요즘, 조금 다른 생각이 든다. 왜 그녀는 자신의 꿈에 끝까지 가지 않았을까. 어렸을 때부터 바라던 일이고, 그때도 충분히 만족하고 있다던 삶의 궤도를 왜 갑자기 이탈했을까. 삶의 변화가, 전환이 반드시 옳은 것일까.

감동적인 질문을 던지기 좋아하던 상사가 있었다. 어느 날 그가 물었다.

"어렸을 때 꿈이 뭐였지요? 지금 자신은 그 꿈을 얼마만큼 이루었다고 생각하나요?"

나의 어릴 적 꿈? 많기도 많고 수시로 변하기도 했지만 그래도 내내 가지고 있던 꿈은 작가가 되는 것이었다. 대답하고 나니 고작 서른의 나이에 이룰 것을 다 이룬 사람이 바로 나였다. 오호, 이럴 수가. 내가 대답하고 내가 감동받았다. 그리고 동시에 꼬리를 무는 의문. 이룰 거 다 이뤘는데 왜 이렇게 성에 차지 않나. 대체 무엇이 내 삶을 자꾸 부족하다고 느끼게 만드나.

답은 의외로 간단했다. 작가가 됐지만 스스로 만족할 만한 작품을 쓰지 못했기 때문이었다. 그렇다면 나는 그때 내 삶의 발전을 위해 어디로든 돌아서야 했던 건가. 아니다, 그렇지 않다. 돌아서는 것만이 답은 아닐 것이다.

　과 커플로 만나 대학 사 년 내내 요란하게 연애를 하고, 결혼을 한 친구가 있다. 원래 현모양처가 꿈이었다던 친구는 자라면서 가족의 정을 크게 느끼지 못했던 남편의 성장기를 보상이라도 해주려는 듯 누가 봐도 행복한 가정을 꾸미는 데 열심이다. 결혼생활 동안 한결같이 깨소금 운운하는 친구의 모습이 보기에는 좋았지만 다 믿어지지는 않았다. 어쩌면 늘 똑같은 일상의 반복이라 단조로운 전업주부의 삶을 보이기 싫은 자격지심 때문에 더 허세를 부리는 걸지도 모른다, 의심하기도 했다. 생각이 바뀐 것은 친구의 홈페이지를 보고서였다. 뒤늦게 아이를 낳은 후로 가족 홈페이지를 만든 친구는 사진과 함께 육아일기를 올렸다. 하루가 멀다 하고 올리는 일기를 보며 사람 사는 거 얼마나 다를까, 몇 번 올리다보면 그 이야기가 그 이야기겠지 했는데, 웬걸 몇 년의 데이터가 쌓이도록 단 하루도 같은 날이 없다. 그 친구의 생활을 들여다보면 주부로서 할 수 있는 일만 다 해봐도 평생이 모자라겠구나 싶다.

　새 옷 갈아입듯 멋지게 변신에 성공한 앞의 여기자도 멋있지만, 달라진 게 없는데도 늘 새날처럼 살아가는 내 친구도 모자람 없이 멋있다. 그러고 보면 방향 바꿔 달리는 것만 변화는 아니지 싶다. 가던 길 쭉 가도 저 하기에 따라 얼마든지 달라지는 게 삶이다.

터닝 포인트, 말 그대로 '전환점'이다. 그러나 그 전환이 보다 발전적으로 향하지 못한다면 그건 단순한 변덕이거나 포기일 수도 있다. 아니다 싶을 때 과감히 돌아서는 용기도 중요하지만, 아니다 자신 없을 때는 한 발 더 내디뎌보는 용기도 필요할 것이다. 삶의 소망은 문을 열었다고 해서 이룬 것이 아니라 그 문을 연 이후에 또 한참을 더 가야 하는 법. 어찌 방향을 바꾸는 것만 터닝 포인트일까. 한 단계 깊어지는 것은 변화가 아닌가. 삶이 제자리뛰기라고 투덜거리지 말자. 잘만 뛰면 제자리에서 뛰어도 한 계단 위니까. ❄

생략된 삶에 대한 연민

아이가 피아노를 배우다보면 한 번은 콩쿠르에 참여하게 된다. 큰 상을 받는다고 대단한 명예가 주어지거나 기회가 되는 일 없는 규모의 작은 콩쿠르다. 그래도 노력한 아이들에게는 분명히 성취감일 것이고, 우리나라에서 취미로 음악을 배우는 아이들이 어떤 형태로라도 무대에 서는 경험을 가져보는 일은 쉽지 않아서 그 경험만으로도 나쁘지 않다고 생각한다.

그렇더라도 아쉬움은 남는다. 일단 지불하는 비용이 적지 않고, 그 비용을 지불하고 하는 경험치고는 시간이 너무 짧다. 대개의 콩쿠르 평가 연주는 일 분을 넘기지 않는다. 길면 일 분삼십 초다. 평가는 전문가의 영역이니 내가 평가 시간의 타당함을 논할 수는 없다.

그런데 평가가 그런 방식이다보니 일 분 삼십 초까지만 연습하고 참가하는 이들도 적지 않다고 한다. 설마 그럴까 했는데, 어느 정도 이상의 성적을 거둔 참가자들이 모여서 전곡을 연주하는 우수연주자 연주회를 구경하다가 그 말을 이해했다. 콩쿠르에 참가했던 곡을 다시 연주하는 경우조차 대부분 그때 들은 곡이 아니었다. 정확히는 일 분 삼십 초 그 이후가 전혀 다른 곡이었다고 해야 하나. 물론 곡 전체를 고른 수준으로 연주하는 이들도 적지 않다. 그러나 이런 자리가 아니었다면 뒷부분을 마저 보일 수 있는 기회는 없을 것이다. 그런 연주회를 보면 궁금해진다. 짧게는 삼 분, 길게는 오 분짜리의 곡에서 일 분 삼십 초의 기량은 무엇을 의미할까. 끝내 보일 수 없는 나머지 시간의 노력에 대해 아이가 묻는다면 어떻게 설명해야 할까.

소설을 처음 배울 때 많이 들었던 말 중에 하나가 '첫 문장의 중요성'이다. 효과적이고 적절한 첫 문장이 소설의 흡인력을 높인다는 말일 텐데 이 말은 종종 어떤 소설이 좋은지 아닌지는 첫 문장만 봐도 알 수 있다는 말로 바뀌어 전달되기도 한다. 조금 더 극적으로 공모전 심사에서는 소설의 첫 문장만 보고 당락을 결정한다는 소문이 되기도 한다.

그렇지만 사실 첫 문장과 소설의 완성도는 무관하다. 시작은 창대하나 나중은 미약한 소설도 있고, 시작은 초라한데 결말에 울림이 있는 소설도 있고, 시작도 결말도 딱히 특색은 없으나 보석 같은 몇 개의 문장을 품고 있는 소설도 있다. 물론 그 어디에도 빛나는 대목 하나 없는 소설도 슬프지만 있다. 나는 심사를 맡게 되면 주어진 작품을 처음부터 끝까지 다 읽는 편이다. 기본도 안 되어 있다 싶은 작품도 고개를 가로저으며 계속 읽는다. 내 앞에 놓인 소설이 단지 소설이 아니라 그 소설을 쓴 사람의 삶으로도 느껴지기 때문이다. 어쨌거나 그 한 편을 기어이 끝낸 사람에 대한 예의이기도 하고, 혹시 만날지도 모르는 어떤 빛나는 문장에 대한 기대 때문이기도 하다. 누군가의 빛나는 방점이 어디에 찍혀 있을지는 아무도 모르는 일이니까. 처음부터 끝까지 잘 쓰인 작품을 읽는 일은 당연히 즐겁지만 전체적으로는 엉성하고 보잘것없는 글 속에 숨겨진 주옥같은 문장을 발견하는 일도 뭉클하다. 어떤 삶이든 소중한 무언가가 있고, 그러므로 어떤 삶도 함부로 생략하거나 건너뛰어서는 안된다는 내 믿음에 대한 증표 같아 나는 비효율적인 읽기를 멈출 수 없다.

중요한 순간을 되돌리려다 하룻밤 새 이십오 세 청춘에서 칠십 세의 노인으로 변해버린 주인공이 나오는 드라마 〈눈이 부시게〉를 나는 그런 이유로 몹시 애정하며, 실은 슬퍼하며 보았다. 빛나는 청춘이 돌연 노인이 된 설정이 마치 높은 실업률과 지독한 경쟁 속에서 이미 늙어버린 요즘 청춘에 대한 은유 같아 가슴 아프기도 했지만, 청춘을 건너뛰고 늙어버린 상황에서 고군분투하는 주인공의 모습을 보면서 우리의 삶도 그렇게 '생략된 삶은 아닐까 하는 생각이 들었다.

　자고 일어났더니 갑자기 몇십 년을 건너뛰어 나이를 먹은 주인공의 삶은 그 자체로도 생략된 삶이지만, 치매로 밝혀진 후반부에도 여전히 생략된 삶이다. 제 인생의 가장 소중했던, 가장 슬펐던 순간만을 기억하고, 그 이후부터 현재의 자신까지는 다 잊고 말았으니까.

　그러나 그것이 어디 주인공만의 문제일까. 잃은 기억은 없지만 꿈도 미래도 없는 주변 인물들의 삶은 아무것도 생략되지 않은 온전한 삶이라고 누가 말할 수 있을까. 삶은 어디에서부터 어디까지 어떻게 살아야 온전한 완성일까. 어쩌면 나도 이미 많은 부분을 생략하고 생략되며 살아온 삶은 아닐까 그런 슬픔이 드는 것이다. ❋

2부

두번째 골목

❋

서울 78-236415의 남자

97年 11月 18日 입주. 97年 12月 31日까지 임대료 183,540.

칠빠다 및 해라 6,500

형광등, 비자루, 쓰레박키, 빼피 5,800 計 12,300

내가 가지고 있는 아빠의 가계부는 모두 두 권이다. 1998년과 1999년의 가계부. 꼼꼼하게 기록된 날도 있지만 영수증으로 대체한 날도 적지 않고, 어떤 기간의 영수증은 미처 붙이지 않아 꼬깃꼬깃 접힌 채로 끼워져 있다. 영수증 두께만도 책 한 권은 족히 된다. 두꺼운 영수증 때문에 맞물리지 않는 가계부는 모두 같은 금융기관에서 나눠준 것이다. 아빠의 주거래 은행이다. 그래서 가계부에는 아빠가 쓰던 통장도 들어 있다.

첫 장에는 위와 같은 내용이 수기로 쓰여 있다. 뒷장에 붙은 한 달 임대료 고지서에 119,700이 쓰여 있는 걸 보면, 이사한 달의 열흘 남짓한 임대료도 첫 달 청구서에 포함되었던 모양이다. 오롯이 우리 가족에게만 주어진 첫번째 집이었다. 비록 '임대'였지만, '형광등과 비자루와 빼펴'를 보고 있자니 '임대'가 아니라 처음 장만한 내 집인 것처럼 쓸고 다듬고 닦던 아빠의 모습이 떠오른다. 아빠만 그랬던 것은 아니다. 내색하지 않고 우리 모두 조금씩 설렜다. 그전까지는 집이 아니라 방에 살았다. 임대아파트로 입주하기 직전 몇 년은 방을 하나씩 더 얻어 살기도 했지만, 옆집 사람에게 보이지 않고 화장실을 갈 수 있던 건 처음이었지 싶다.

1997년 4월 30일. 금액 2만 원. 수원시 장안구 연무동
태민문화사

동생 이름이 적힌 영수증도 몇 종류 있다. 아르바이트를 하느라 타고 다니던 오토바이 보험 내역, 호출기 요금 그리고 아무리 검색을 해도 알 수 없는 '태민문화사'에 지불한 몇 장의 지로 영수증. 동생에게 물어보니 책값이라고 한다.

대학 입시에서 실패한 동생은 고등학교를 졸업하자마자 군대에 갔다. 군대에만 다녀오면 재수에 필요한 비용은 내가 대겠다고 약속했다. 이 년은 금세 지나갔다. 내 능력으로 종합학원은

어림도 없었다. 단과학원에 보내서 꼭 필요한 두세 과목만 듣게 했다. 교통비에 약간의 식대가 용돈의 전부였다. 고작 그 돈이 그래도 당시의 내게는 월급의 절반이었고, 그렇지만 고작 그 돈으로는 누구도 한 달을 버티기 힘들었다. 꽤 오래 버티던 동생이 결국에는 한 과목을 취소하고 그걸 용돈에 보태 쓰다가 나에게 들켰다. 나는 욕을 한 바가지 퍼붓고는 가차없이 그 비용을 용돈에서 제했다. 동생은 아무런 이의도 제기하지 않았다. 치사하다는 말도 억울하다는 말도 하지 않았다. 시간이 조금 지난 다음에야 미안한 마음이 들었는데, 사과하는 대신 모른 척했다. 피차 모른 척해야 견딜 수 있는 시간이었다. 그랬는데도 동생은 그해에 대학생이 되었다. 등록금은 어떻게 마련했는지 모르겠다. 내가 갖은 생색을 내며 아주 적은 돈을 보탰다. 나머지는 동생이 아르바이트를 했던가. 곡절 끝에 들어간 대학에서 수업에 필요하다며 전공 관련 사전을 강매했는데 꽤 비쌌단다. 바로 '태민문화사'에서 발간한 책이다. 고민하고 있는 동생을 보고 있던 아빠가 이제껏 아비로서 해준 것도 없는데, 그 책은 당신이 사줄 테니 열심히 공부해보라고 했단다. 영수증을 세어보니 모두 일곱 장이다. 14만 원. 내가 재수하는 동생에게 한 달에 주었던 학원비가 그 정도이거나 그거보다 조금 많았다. 어쩌면 조금 더 적었을까.

"그런데 그거 쓰레기 책이야. 학과에서 장난친 사기극."

동생도 그 책을 아직 가지고 있다. 버리지 못하겠다고 했다.

식대 3,000. 커피 400. 담배 1,100. 교통비 300 혹은,
교통비 300. 커피 600. 식대 3,500. 담배 1,100. 되지고기
1,700 혹은,
커피 550. 식대 3,500. 술값 9,000
비슷하거나 다르게 적힌 1998년과 1999년 사이의 기록들

담배 가격은 대부분 1,100원이지만 가끔 1,200원이거나
1,400원으로 적혀 있다. 그 담배가 무슨 담배였는지는 모르겠
다. 도라지였을까, 아니면 엑스포? 처음 담배를 배웠을 때, 나는
아빠가 피우던 담배를 무조건 따라 피웠다. 아빠가 도라지를 피
우면 나도 도라지를 피우고, 아빠가 엑스포를 피우면 나도 엑
스포를 피웠다. 같은 담배를 피워야 집에서 굴러다녀도, 냄새가
좀 풍겨도 걸리지 않을 거라는 일종의 잔머리였다. 그런데 그해
에도 엑스포가 나왔던가. 잘 모르겠다. 나는 그 시절에 아빠와
같은 담배를 피우지 않았다. 아빠와 같은 집에 살지 않았던 것
이다.

1998년은 내가 등단하던 해이다. 경향신문사에서 열린 시상
식에 나는 엄마도 아빠도 가족 누구도 초대하지 않았다. 혼자
나타난 수상자는 아마도 처음이었을 것이다. 신문사에서도, 축

하해준다고 참석한 다른 친구들도 당황했다. 등단이면 그저 이제 면허증 발급받은 거지 무슨 대단한 상도 아닌데 조용히 시작하겠다가 표면적인 이유였고, 몇 년 안에 유수한 문학상을 다 가져올 포부에 차 있던 신참이라 그때에나 식구들을 초대하는 것이 더 마땅하다는 오만을 품고 있기도 했지만, 가장 솔직한 이유는 부상으로 주어지는 3백만 원의 상금을 들키고 싶지 않아서였다. 나는 도둑질하듯 몰래 상금을 받아와서 친구들에게만 술을 사고 밥을 샀다. 몇만 원 혹은 십여만 원씩. 그러고도 남은 돈은 비상금으로 숨겨두었다.

일주일 넘게 1월 1일자 신문을 들고 다니며 주위에 자랑하던 아빠는 한 달이 지나서야 시상식이라는 게 있고, 그곳에 내가 당신을 부르지 않았다는 걸, 시상식에는 다녀왔느냐는 다른 사람의 질문을 받고서야 알았다. 내가 너에게 그렇게 부끄러운 존재인 거냐, 아빠는 격노하다 조금 울었는데, 아무런 변명도 할 수 없었다. 상금을 혼자 쓰려고 그랬다는 말은 아빠가 부끄러웠다는 말보다 더 나쁜 말이었다. 뭐가 아니라는 설명은 하지도 못하고, 아니라고, 그런 건 아니라는 말만 하다가 내가 더 크게 울어버리는 걸로 상황을 끝내버렸다. 그리고 일 년 후 그런 식으로 모아둔 비상금을 들고, 나는 도망치듯 집에서 빠져나왔다.

2000년 1월 14일 180,000원. 충북영농조합. 일시불

　내가 집을 나오고 난 후 아빠는 짜증도 늘었고 아픈 데도 많았다. 별것도 아닌 일에 서운해하다가 어느 날은 불쑥 찾아와 같이 점심 먹자며 칼국수를 사주고 돌아가기도 했다. 먹는 약의 종류가 자꾸 늘어나는 게 보기 싫어 차라리 병원에서 검진을 받으라고 30만 원을 드렸더니 그 돈으로 건강검진을 받는 대신 녹용인지 사슴엑기스인지를 주문했다. 그리고 그 약을 다 먹기도 전에 쓰러졌다. 뇌출혈, 응급 수술 그리고 식물인간.

　　보은천막 150,000
　　은정식당 육개장 / 오징어채 / 땅콩 / 수육 추가 1,382,000
　　한마음 마트 소주 / 맥주 / 사이다 / 이쑤시개 763,000
　　특실 사용료 480,000(1일 기준 160,000)
　　…………

　아빠가 마지막으로 남긴 영수증은 2001년 11월 초에 발행됐다. 일부를 적어봤다. 한 달 월세보다 비싼 방에서 하루 먹던 식대보다 비싼 밥 드시고, 내가 마지막인 줄 모르고 사준 백만 원짜리 양복은 아깝다고 입지도 않더니 70만 원짜리 수의 입고 가셨다. 가계부 사이에 끼워져 있던 통장의 마지막 잔액은

2,473원. 나중에 사후 통장 정리하느라 은행에 갔더니 이것저것 빼고 백 원 정도가 남았던 것 같다. 나는 그 영수증들을 아빠의 가계부에 끼워놓고, 사는 일이 편치 않을 때마다 펴본다. 내가 5천 원짜리 전문점 커피를 마시는 동안 아빠는 백 원짜리 자판기 커피를 마셨구나, 내가 애인과 놀러 다니던 날에 아빠는 찬 소주 한 병 안주도 없이 마셨구나, 마치 그 사실 때문에 사는 일이 편치 않은 것처럼 가슴을 두드리지만 모든 후회는 참회가 아니라 변명이라는 것 또한 알고 있다.

그리고 뜻밖의 증명서

197?년 정비공 기능필증 / 1978년 5월 자동차 보통 1종 / 1981년 9월 운수업체 종업원교육 이수증 / 1984년 고압가스 보안교육 이수증 / 1992년 택시 운전 자격증 / 1993년 12월 개인택시 운송면허 양도, 양수 인가 신청서

이 글을 쓰느라 가계부를 다시 읽다가 영수증에 가려 보지 못했던 기록을 발견했다. 아주 오래된 서류였는데, 일종의 근로 이력 증명서였다. 아빠는 정비사였고, 버스 운전사였고, 영업용 택시 기사였다가 개인택시를 모는 개인사업자가 되었다. 몇 년 후 택시를 양도하고, 은퇴한 어느 노인의 개인 기사로 일했다. 그 일은 증명서가 없다. 월급도 수시로 체불됐던 것 같다. 그 일

을 찾지 못했으면 어느 건물의 경비가 되었을지도 모른다. 배운 것도 없고 자본도 없어 끝내 자수성가를 이루지 못한 노년의 삶들이 대개 그러하듯이. 그리고 그 일에는 아빠가 젊어서 열심을 다한 어떤 증명서도 필요하지 않았을 것이다. 그런데 아빠는 왜 그 증명서들을 버리지 못했던 것일까.

하기는 비슷한 증명서를 나도 가지고 있다. 대학 시절 했던 각종 아르바이트 현장에서 받았던 교육 인증들, 정리해고를 거듭 당하면서 쌓인 명함들, 등단 상금 수령 영수증, 등단하고 처음 받았던 문예지 청탁서 그리고 단편집 출간을 검토해달라고 부탁했던 출판사에서 보낸 예의바른 그러나 냉정하고 건조한 거절 답장까지. 내가 그것들을 버리지 못한 이유는 하나다. 그것을 버리는 순간 그 시간을 보내면서 내가 다했던 열정과 최선, 꿈과 좌절을 다 버리게 될 것 같아서이다. 그걸 버리면 남은 시간을 향한 최선과 꿈도 사라질 것 같았다. 나는 여전히 남은 미련이라면 미련, 열정이라면 열정을 위해 실패를 간직한다. 아빠도 그랬을까. 더 나아질 다음을 기약하며 하나둘 땄던 자격증들이, 매 순간 성실했던 가장의 증명서들이 자판기 커피 300원과 편의점 냉동식품 1,200원의 가계부 숫자로밖에 표시할 수 없는 노년의 유일한 위안이었을까. 그 노년을 버티는 힘이었을까. 늙은 아빠를 추억하던 가계부가 문득 쉽지 않은 시대를 아등바등 살았던 한 사내의 서사로 다가온다. 그 서사는 찬

소주 한 병을 홀로 들이켜는 아빠의 모습보다 어쩐지 더 서글프다. 그러면서 묘하게 더 크고 더 웅장하다.

아빠는 마지막 순간까지 가난했다. 아빠는 부자가 되지 못했다. 명예를 얻지도 못했다. 그러나 아빠는 아빠만의 방식으로 아빠의 삶을 증명했다고 믿는다. 존재를 증명하는 일, 세상에 그것보다 위대하고 어려운 일이 또 있을까. 나는 그렇게 할 수 있을까. 모르겠다. 우리의 삶은 더 나아지기보다 더 나빠지기가 쉬울 것이다. 나는 이제 섣불리 낙관하지 않는 나이가 되었다. 그러나 그럼에도 나는 여전히 꿈을 꾸었던, 최선을 다했던 순간의 어떤 기록은 버리지 않기로 한다. 나는 아직 나로서의 증명을 끝내지 못했기 때문이다. ❋

내 영혼의 불량식품

결혼을 하고 첫여름 아이를 가졌다. 그리고 얼마 후, 그러니까 오 주 차가 끝나갈 무렵부터 그 무서운 입덧이 시작되었다. 무섭다, 는 말로밖에는 설명이 되지 않는 입덧이었다.

입덧이 모계 유전이라는 건 잘못 알려진 상식이라고 하지만 그래도 보통은 자신의 어머니 혹은 자매들과 비슷하게 겪는 것 같다. 우리집 여자들의 입덧은 좀 유별나다. 냉장고 냄새에 민감한 건 기본이고, 땅에 묻은 쌀 항아리 냄새도 맡는 유별나고 고약한 입덧이다. 엄마와 언니의 경험을 들은 것도 본 것도 있어 피할 수 있으면 피하고 싶었는데, 결국은 내게도 입덧이 찾아왔다. 처음에는 음식맛이 이상했고, 그다음에는 무엇을 먹든 다 게워냈고, 아예 먹는 것 자체가 싫어졌다. 목으로 넘어가는 것은 다 돌가루 같고 가시 같았다. 물도 비려서 마실 수 없었다.

잦은 구토 때문에 체내 수분이 부족해서 늘 탈수 직전의 상태였다. 물 한 잔 시원하게 마셔보는 게 그렇게 간절한 소원이 될 지 몰랐다. 식당 간판이나 메뉴판만 봐도 현기증에 속이 울렁거리는데다 지나가는 사람들 체취가 너무 지독해서 감기 걸렸을 때도 쓰지 않던 마스크를 한여름에 쓰고 다녀야만 했다.

그런데 나는 언니나 엄마하고는 조금 다르게 입덧을 견뎠다. 언니와 엄마는 입덧 기간 내내 식음을 전폐하고 누워 있었다는데, 나는 직장에 다니는 처지라 그럴 수가 없었다. 새벽 세시까지 야근하는 일이 일상인 그런 직장이었다. 입덧을 한다고 휴직을 할 수도 없었다. 조금이라도 힘든 내색을 하면 애 가진 위세 떤다고 하는 상사가 바로 옆자리에 앉아 있었다. 어떻게든 견뎌야 했다. 입덧 때문에 회사를 그만두고 싶지는 않았다. 아무것도 먹을 수 없었지만, 견디려면 무엇이라도 먹어야 했다. 하루종일 나는 뭔가 먹으려고 끊임없이 노력했다. 무엇을 먹으면 토하지 않을까, 무엇을 먹으면 입에 쓰지 않을까 오직 그 생각만 했다. 배 속 아이의 건강을 염려하는 모성 때문이라기보다는 먹지 못하니 체력이 훅훅 떨어졌다. 내 몸이 내 몸대로 움직여지지 않으니 우울은 그 반대로 나날이 커져갔다. 나는, 우선 나를 위해서 먹을 것을 찾았다.

처음에는 나도 좀 고상한 것을 찾았다. 고급 아이스크림이나 유명 체인점에서 파는 비싼 초밥, 철 이른 혹은 철 지난 유기농

과일들 같은 것들이나 임산부들이 흔히 찾는다는 시원하고 새콤한 혹은 매콤한 뭔가를 먹어보려고 시도했다. 하지만 고급스러운 음식일수록 토할 때 더 괴롭다는 결론만 남기고 모두 실패했다.

이것도 저것도 먹지 못하고, 직장 문을 나와 택시에 타는 순간부터 시체처럼 쓰러져 있으면서 그래도 배 속의 아이는 원망하지 말아야지 나 자신을 설득하느라 바쁠 즈음, 하나둘 머릿속을 스치고 지나가는 음식이 있었다. 처음에는 떡이었다. 백설기나 인절미 혹은 호박범벅 같은 떡이 아니라 갓 뜯은 쑥을 멥쌀에 버무려 들통에 넣고 아무렇게나 쪄낸 쑥개떡이 생각났다. 모락모락 피어오르는 김에서 향긋하게 피어나는 쑥냄새가 머릿속을 맴돌아서 급한 대로 가까운 마트와 백화점을 돌았는데, 쑥 향 강한 개떡은 어디에서도 볼 수 없었다. 그다음에 떠오른 것은 뻥튀기였다. 그냥 뻥튀기가 아니라 동그란 모양의 뻥튀기에 물엿을 바른 다음 밥풀과자를 덧입힌, 유과처럼 만든 뻥튀기가 생각났다. 다행히 뻥튀기는 회사 근처에 있는 공원에서 팔고 있어서 쉽게 구할 수 있었다. 조금씩 뜯어먹으면 그런대로 목에 넘어가기도 했다. 입덧 심한 임신부들이 먹는다는 크래커도 한두 조각만 먹으면 다 토해냈는데, 뻥튀기는 넘기는 순간 녹아서 그런지 토하지도 않았다. 배 속의 아이를 생각해서 고급 한과를 먹지 뻥튀기가 다 뭐냐고 어이없어 하는 이들에게

이거라도 넘어가는 게 있으니 다행이지 않으냐 대꾸하면서, 그러나 나는 그때까지 나는 내가 무얼 먹고 있는지 몰랐다.

하루는 동생의 입덧이 염려되어 안부전화를 걸었던 언니가 내가 뻥튀기로 연명을 한다고 하자 느닷없이 웃음을 터트리기 시작했다. 그래, 나도 어렸을 때 먹던 불량식품이 그렇게 먹고 싶더라. 어라? 그런 건가. 입덧이란 게 어릴 때 입맛으로 회귀하는 건가 갸우뚱했는데, 언니의 말은 곧 사실로 나타났다.

그 이후로도 줄줄이 떠오르는 게 정말 다 그렇게 어릴 때 먹던 거였다. 떡볶이가 생각나도 학교 앞 문방구에서 백 원이면 한 접시 가득 담아주던 손가락 굵기의 밀가루 떡볶이가 생각나고, 핫도그도 나무젓가락에 끼운 분홍소시지 위에 반죽을 돌돌 적셔 기름에 튀긴 옛날 핫도그가 생각나고, 인스턴트 가루를 물에 개어 끓인 수프 맛이 혀끝에 맴돌았다. 뽑기와 달고 나를 찾아 회사 근처 공원을 몇 바퀴 돌았던 적도 있다. 빈 병 몇 개 갖다주면 대패로 쓱쓱 밀어 꽃처럼 나무막대에 꽂아주던 생강엿은 영 찾을 수가 없어서 안타까웠는데, 내 소식을 들은 후배가 어디에서 어떻게 구했는지 어느 밤엔가 회사 앞으로 그걸 들고 나타났다. 그때의 기쁨이라니! 여전히 무언가를 먹을 수는 없었지만, 그런 걸 먹으면 잠시나마 속이 가라앉기도 했다. 그리고 그 모든 음식이 다 그렇게 내 유년 속에서 튀어나온 것이었다. 봄이면 쑥을 한가득 뜯어 집에 놀러온 외할머니가 부뚜막에 큰 솥 걸고 해주던 간식이 쑥개떡이었고, 가난한 사남매 저렴하게 나눠 먹을 수 있던 주전부리가 뻥튀기였다. 대체 그건 어떤 음식이냐고 묻는 사람이 있을 만큼 가난하고 남루한 시절의 주전부리만 자꾸자꾸 생각나니 입덧 때문에 출신 성분 다 탄로 난다는 투정이 절로 나왔다.

하지만 그렇게 먹고 싶던 것 가운데 먹고 싶다고 말할 수도 없고, 말한다 한들 먹을 수도 없는 음식이 있었다. 일단 칼국수가 그랬다. 그것처럼 찾기 쉬운 음식이 어디 있느냐 하겠지만 내가 먹고 싶은 건 그냥 칼국수가 아니라 어렸을 때 아빠가 직접 만들어주시던 칼국수였다.

내 식성이 아빠를 닮은 데가 많아 둘이서만 맛있다고 해 먹던 음식이 몇 개 있었는데, 그중 하나가 칼국수다. 쉬는 날이면 더러 음식을 손수 만들던 아빠가 직접 반죽을 밀어서 뽑은 면발에 고추장, 파, 마늘만 넣어 끓인 칼국수는 내가 어린 시절 좋아하던 별미였다. 돼지고기 수육도 떠오른다. 아빠의 돼지고기 수육은 소박하지만 특별하다. 마늘, 생강을 넣은 물에 돼지고기를 삶고, 돼지고기가 익을 때쯤 손질한 대파를 한 단이나 두 단 통째로 넣어 함께 익혔다. 그런 다음 식구들이 둘러앉은 상 가운데 먼저 삶은 파와 깨, 다진 마늘, 식초, 설탕, 참기름을 넣어 만든 양념 고추장을 수북하게 상에 올려놓고, 옆에 앉은 아빠는 익은 돼지고기를 나무도마에 건져올려 먹음직한 크기로 썩썩 썰어서 파를 놓은 접시에 올려주었다. 뜨거운 돼지 고기를 삶은 파로 돌돌돌 감아서 고추장에 듬뿍 찍어 먹으면 입에서는 돼지고기가 녹고, 코에서는 향긋한 파 향이 감돌았다. 돼지고기 수육은 참으로 간단한 조리법인데 아빠가 직접 하지 않으면 그 맛이 나지 않는다. 생각해보니 언니도 첫애의 입덧이 끝날 무렵 그 수육을 찾았던 것 같다. 그때 아빠는 그게 뭐 어려운 거냐 하면서 오랜만에 직접 솜씨를 선보였다.

하지만 나는 그걸 해달랄 수 없었다. 해달라고 조를 아빠가 세상에 없기 때문이다. 먹고 싶다는 생각만으로도 눈물이 쏟아져서 누구한테도 말 꺼내지 못했다. 새삼 언니가 부럽기도 했다. 그렇게 식구들이 좋아하던 별식인데, 왜 아빠가 세상을 떠난 후 우리는 한 번도 그걸 해 먹자는 말을 한 적이 없을까.

입덧을 하는 동안 나는 잊고 있던 그리움을 먹느라 수시로 마음이 뻑뻑해졌다. 그 시절은 다 어디로 갔을까. 불량식품을 한 개씩 까먹을 때마다 나는 너무 멀리 와버린 나를 만났다. 잊지 말아야 할 것을 너무 쉽게 잊은 나 때문에 목이 멨다. 그래서였을까. 한여름에 시작한 입덧은 가을이 깊어가도 끝나지 않았다. 아마도 잊은 것이, 그리운 것이, 추억해야 할 것이 내게 많이 남아 있었던 모양이다. ❋

짧은 생을 돌아나오다

아버지가 쓰러지고 며칠 만에 살던 방의 보증금 천만 원을 고스란히 병원비로 냈다. 그길로 은행에 가서 삼 년짜리 적금 상품에 가입했다. 아버지는 식물인간이 되었고, 다니던 회사는 부도가 나서 육 개월이나 월급을 받지 못했다. 적금에 들어가는 돈은 사실상 마이너스 대출의 일부였다. 그래도 해지하지 않았다. 적금은 내 몫의 삶을 어떻게든 붙잡고 있다는 상징이자 위로였다. 통장을 만든 지 이 년이 조금 안 됐을 때 아버지가 돌아가셨고, 만기가 될 무렵 동생이 결혼을 했다. 대출을 갚고, 결혼할 동생에게 조금 보태고 나니 이백만 원이 남았다. 허무했다. 무엇도 할 수 없을 것 같았다. 무얼 하든 아까울 것 같았다. 그래서 비행기 표를 끊었다. 프랑스 파리로 떠나는 비행기였다.

파리라고 말하니 좀 거창하다. 처음 이틀은 파리를 보았다기보다 함께 간 일행의 등만 보았다. 사흘째 되던 날, 일행과 헤어졌다. 지도책 한 권을 챙겨들고 지하철을 탔다. 제일 먼저 페르라셰즈역에서 내렸다. 파리에 오면 꼭 가보고 싶던 곳이었다. 그곳에 꼭 가보라고 말해준 이가 있었다.

페르 라셰즈는 파리의 유명한 공원 묘역 중 한 곳이다. 짐 모리슨, 오스카 와일드, 마르셀 프루스트, 에디트 피아프 등 파리가 사랑한 인물들이 잠들어 있는 곳이다. 그중에서 내가 사랑한 인물은 피아프뿐이었다. 다른 인물에 대해서는 알지도 못했다. 그럼에도 나는 그곳에 갔다. 왜였을까. 모르겠다. 그곳에 가보라고 말해준 이의 얼굴에 스치던 어떤 표정에 미혹됐을 수도 있고, 식물인간이 된 아버지 옆에서 샴쌍둥이처럼 붙어 있는 삶과 죽음의 형태를 이 년 넘게 겪으며 나도 모르게 생과 사의 경계에 친밀감을 느끼게 되었는지도 모른다.

이유가 무엇이든 나는 입구부터 잘못 찾았다. 정문이라고 생각한 곳은 옆문이었다. 한없이 어둡고 축축한 길만 이어졌다. 내 키보다 높은, 세월을 짐작할 수 없을 만큼 낡고 오랜 이끼가 끼어 있는 돌무덤들만 이어졌다. 유명한 사람의 무덤은 하나도 없었다. 나처럼 길을 잃은, 몇몇 산 자들의 등이 가끔씩 그림자 가득한 길 사이로 나타났다 사라지고는 했다.

무서웠다. 그리고 쓸쓸했다. 산 것도 죽은 것도 아니던 아버

지를 견디던 어느 날 파블로 네루다의 시 「나는 터널처럼 외로
웠다」를 떠올리며 울던 밤이 생각났다. 꼭 그런 길이었다. 어느
순간 길도 사람도 보이지 않았다. 방향을 가늠하느라 걷다가 멈
추면 무덤이 저 홀로 우는 소리가 들리는 것 같았다. 깊은 밤
귀신이 지나가면 그 냄새를 맡기도 하던, 예민한 시절이었다. 어
쩌면 내가 우는 소리였다. 눈물은 나오지 않았다.

한참을 헤매니 이정표처럼 짐 모리슨의 무덤이 나타났다. 황
량해 보이는 무덤이었다. 그 앞에서 잠시 먹먹하게 서 있다 다
시 출발했다. 조금 더 걸으니 깊고 어두운 나무 그림자가 비로
소 사라졌다. 그다음부터는 그야말로 공원이었다. 꽃다발과 햇
빛, 살아서 어떠했든 죽어서는 축복처럼 기억되는 유명한 죽음
들이 정갈하게 누워 있었다. 햇빛이 가장 환하게 빛나던 피아
프의 무덤 앞에 서자 비로소 마음이 놓였다. 죽음 속에서 길을
잃고, 죽음 속에서 길을 찾다니. 길고 짧은 생을 혼자서 돌아
나온 기분이었다. 어디로든 어떻게든 혼자서도 잘 걸어갈 수 있
을 듯했다. 죽은 자는 쓰다듬고, 산 자들과는 눈웃음으로 인사
를 대신하며 나는 천천히 뚜벅뚜벅 걷기 시작했다. 조금 더 걸
으니 문이 보였다. 한참 동안 찾아 헤맨 바로 그 문이었다. ✽

엄마의 맛

날씨가 더워지고 여름의 기척이 느껴지면서 틈틈이 시장에 나가 채소를 샀다. 여름용 저장반찬을 만들기 위해서였다. 열무와 얼갈이도 사고, 쪽파도 사고, 오이지용 오이도 반 접 사오고, 마늘종과 부추도 샀다. 동네 슈퍼마켓에서는 간장과 식초를 할인판매하고 있었다. 외동아이에, 평일에는 집에서 밥 먹는 일이 거의 없는 남편과 사는 소식구인데도 계절마다 자꾸 뭔가를 만들게 된다. 가을이 깊어지면 김장을 하듯 여름이 오면 더운 날 불을 쓰지 않고도 밥상 차릴 준비한다는 구실로 이것저것 절임반찬을 만들어대는 것이다. 사실 그렇게 해본 적도 없으면서 이것저것 자꾸 만들어 쟁여놓는 건 엄마에게 배운 습성이다. 찬물에 김치 하나 올려놓는 밥상에 뭐라도 하나 더 곁들이려고 엄마도 계절마다 그렇게 뭔가 자꾸 만들어서 병마다 항아리마다 담아놓고는 했다.

그런데 올여름 저장반찬은 아무래도 실패한 것 같다. 오이소박이도 맛이 애매하고, 마늘종 장아찌나 양파 장아찌도 뭔가 슴슴하다. 늘 만들던 방식으로 만들었는데, 늘 만들어 먹던 맛이 아니다. 아니다, 사실은 늘 하던 대로 하지 않았다. 몇 해 전부터 김치며 저장반찬을 내 손으로 담가 먹기는 했지만 그래도 그때마다 엄마에게도 물어보고, 인터넷에 나오는 레시피도 검색하고 내 생각도 보태 적당히 절충하여 양념을 했는데, 이번에는 계량컵까지 동원해서 오직 인터넷에 있는 레시피만 따라 했다. 특히 오이지를 그렇게 했다. 엄마에게 배운 오이지는 끓는 소금물을 붓고 누름돌로 며칠을 눌러 삭힌 다음, 누렇게 뜬 소금물을 거르고 다시 끓인 후 식혀 말갛게 만들어서 한 번 더 붓는 방식인데, 이번에는 일 년이 지나도 골마지가 끼지 않는다는 소금, 식초, 설탕만 넣는 방식을 시도했다. 이제까지 해오던 방식도 잘 누르고, 중간에 한 번 걸러서 끓여주면 일 년이 지나도 골마지가 끼지 않았는데, 왜 새삼 새로운 방식을 시도했는지는 모르겠다. 그렇게 해서 만든 오이지는 실패. 오이지라면 오이지인데, 내가 먹던 오이지는 아니다. 왜 안 하던 짓을 했을까. 그냥 엄마가 가르쳐준 대로 할걸. 왜 이번에는 엄마가 하던 대로 하지 않았을까. 혹시 이제는 엄마가 없기 때문은 아니었을까.

지난해 가을, 엄마가 세상을 떠나면서 고아가 되었다. 마흔

중반에 고아라니 참 이상한 말이지만 부모가 없으니 고아는 고아다. 엄마와 사이가 좋지 않았다. 많이 미워했고, 많이 싸웠다. 돌아가시면 남는 게 후회라지만, 너무 미워해서 후회할 염치도 없을 만큼 돌아가시는 순간까지 최선을 다해 싸웠다. 그랬더니 남는 게 후회가 아니라 두려움이다. 그래서 나는 요즘 반찬도 살림도 엄마가 가르쳐준 방법은 괜히 피하고 만다. 엄마를 떠올리게 하는 것마다 내가 던진 미움이 묻어 있어서 그 미움을 마주할 자신이 도저히 없는 것이다.

어제는 늙은 여배우가 반찬 만들기를 가르쳐주는 프로그램을 보았다. 그이의 엄마가 해주던 반찬이라고 했다. 입덧이 심했던 날 그 맛이 먹고 싶어서 기억으로 반찬을 따라 하기 시작했다고 했다. 그러면서 그이는 엄마와 함께 보던 꽃을 떠올리고, 꽃에 얽힌 노래를 부르기 시작했다. 그이가 엄마를 잃었다는 나이에 만들어진 노래는 아니니 기억을 덧입은 노래일 것이다. 그 기억이 내 기억도 아닌데 눈물이 나오려고 했다. 어떤 기억은 오감으로 남는다. 맛도 그중 하나일 것이다. 오기를 부리듯 다른 레시피를 고집했던 것은 어쩌면 엄마와의 추억을 되새기는 일이 아직은 두려워서였을지도 모르겠다. 그런데 그렇게는 헤어질 수 없는가보다. 죄 망친 여름반찬을 꼭꼭 씹을 때마다 이도 저도 못 된 미움을, 설익은 후회를, 서걱거리는 미안함을 함께 삼킨다. 내가 던진 미움마저도 온전히 감당 못하는 내

옹졸함이 입속에 쏩쓰레 감돈다. 엄마에게 심통 부린 날들처럼 올여름은 그렇게 조금은 쏩쓸하게 지나갈 것 같다. ✽

세상과 아름답게 이별하는 법

심폐정지는 보통 사망진단서에 기록되지 않는 사인이라고 했지만 나는 심폐정지가 사인으로 적힌 사망진단서를 본 기억이 있다. 아버지였던가. 잘 모르겠다. 심장이 멎는 것 말고 다른 이유로 죽는 사람도 있어? 형제들끼리 어이없는 실소를 나누었던 기억만 있다. 아버지는 어느 해 겨울 뇌출혈로 쓰러졌고, 가망 없는 시간을 오가다 불현듯 깨어난 두세 시간의 기적을 믿고 수술을 했고, 그대로 식물인간이 되었다. 그리고 그렇게 이십이 개월을 더 살았다. 병원 치료는 사 개월쯤 중단했다. 한방병원으로 옮기기는 했으나 이미 치료의 개념은 아니었다. 응급상황도 생기지 않았다. 그래서 몇 달 후 아버지를 집으로 모셔왔다. 조금도 나아지지 않은 상태였다. 식물인간을 집에서 돌보기 위한 의료비용도 적지는 않았지만 병원비보다는 덜했다. 삶도 죽음도 아닌 모호한 경계의 시간이 시작되었다. 그 시간들을 보내면서 죽음의 존엄에 대해 처음 생각했던 것 같다.

죽음에 아름다움이라는 말이 허락된다면 시어른 중 한 분의 죽음이 그러했다. 말기암 진단을 받은 후 수술도 항암치료도 거부하셨다고 들었다. 대신 그분은 당신의 생을 스스로 정리했다. 그동안 여행을 다니며 찍은 사진을 모아 전시회도 하고, 책으로도 만들어 지인들에게 선물하고, 그걸 핑계로 그간 만나지 못했던 이들과도 만났다. 병세가 조금 깊어진 즈음에는 다니는 성당의 신부님과 당신의 장례일정에 대해서도 의논하셨다고 한다. 그리고 어느 날 주무시던 모습 그대로 떠나셨다. 함께 생을 정리하는 시간을 가져서일까. 장례식 기간 내내 남은 가족들의 모습도 의연하고 덤덤해서 참 좋은 이별이구나 하는 생각이 절로 들었다.

역시 암 진단을 받고 투병 대신 미 대륙 횡단에서 나선, 그래서 '드라이빙 미스 노마'로 불리던 구십일 세의 노마 할머니 이야기도 인상 깊었다. 아들 내외와 함께 무려 일 년을 여행했다는 사실은 존경을 넘어서 질투까지 불러일으켰다. 여행이 부러운 것이 아니었다. 죽음을 곁에 두고 죽음에 함몰되지 않고, 자신의 자아와 일상을 지킬 수 있다는 그 의연함이 부럽고 또 부러웠다. 노모의 선택을 지지하고 함께한 아들 내외의 의지는 또 얼마나 아름다운가.

아버지가 누워 있던 이십이 개월 동안 우리 가족에게 여행은 어림도 없는 일이었다. 하루하루 죽음을 준비하고, 하루하루 소생을 기대하면서 우리는 집단 자폐의 시간에 빠져들었다. 환자 가족이라는 심각하고 절박한 정체성 말고는 어떤 자아도 허락되지 않았다. 조금만 다른 표정을 지어도 세상이 물었다. 아버지는 이제 괜찮아? 가면을 쓰고 일터와 집만 오고가다보니 가족만이 유일한 말벗이었다. 가족만이 유일하게 만만했다. 우리는 좁은 공간에 갇힌 쥐들이 그러하듯 서로를 할퀴고 상처 냈다. 그게 시간을 버티는 유일한 방법이었다.

그리고 그렇게 할퀸 상처는 아버지가 떠난 후에도 우리 가족 안에 내내 남아서 수시로 우리를 괴롭혔다. 아버지가 떠난 자리에서 남은 자들의 상처를 끝없이 복기하면서 뒤늦게 깨달았다. 그렇게 시간을 보내서는 안 됐다. 내일 당장 어떤 상황이 생긴다 하더라도 오늘 하루의 자존과 존엄과 일상을 잃지 말아야 했다. 환자도 그렇지만, 그 옆을 지키는 가족은 더더욱 그러해야 했다. 웃고 울고, 휴가를 즐기고, 일상을 살아야 했다. 슬픔과 고통은 어떠해야 한다고 당사자도 아닌 타인이 만들어놓은 매뉴얼 따위는 신경쓰지 말아야 했다. 그래서 우리는 다짐했다. 그런 상황이 다시는 되풀이되지 않기를 바라지만, 혹여 다시 그런 상황이 온다면 좀더 의연하게 무연히 하루를 넘기자고. 그리고 우리가 치른 시간의 대가가 혹독했으니 당연히 그렇게 할 수 있을 줄 알았다.

　엄마가 말기 암 판정을 받은 건 아버지가 떠나고 십오 년 후였다. 일주일을 장담 못한다, 한 달일 수도 있다, 길어야 삼 개월이다, 하고 진단의 시간이 바뀌면서 우리는 자연스레 아버지를 떠올렸다. 아버지가 식물인간으로 누워 있던 이 년도 처음부터 예고된 시간이 아니었다. 몇 시간이 고비다, 하루도 어렵다, 이틀을 못 넘긴다, 일주일이면 기적이라고 하면서 유예된 죽음이었다. 죽음이 미뤄질 때마다 다행스러웠지만 그건 한편으로 팽팽하게 당겨진 신경을 그만큼 더 늘이는 일이기도 했다. 슬퍼할 수도, 안도할 수도 없었다. 어느 시점이 넘어가자 우리가 바라는 게 기적인지 이별인지도 모르게 되었다.

　현재 우리 사회의 의료 시스템은 장기 치료가 필요한 중·난치 환자의 돌봄을 전적으로 가족에게 맡기고 있다. 이 경우 막대한 의료비도 문제지만 가족이 환자의 간병을 전적으로 책임져야 하는 상황에서의 정서적 억압이 초래하는 문제도 크다. 환자를 돌보는 순간 그들 또한 환자와 마찬가지로 세상에서 고립되고 소외되고 방치된다. 그들을 밖으로 불러내고, 일상을 살게 하는 일은 매우 중요하다. 그러나 현재의 의료 시스템은 돌봄의 영역까지는 미치고 있지 못하다. 그러다보니 중환자 혹은 난치병 환자를 가족으로 두고 있는 경우, 대개의 가정은 해체된다. 우리 가족이 용케 해체되지 않았던 건 아마도 자식들이 이미 각자의 몫을 책임질 수 있는 어른이 되어 있었기 때문이었을 것이다.

다행스럽게도 엄마는 아버지와 상황이 달랐다. 아버지는 쓰러진 이후 아주 짧은 한 번을 제외하고는 의식을 찾은 적이 없었지만 엄마는 말기 암인데도 통증이 크지 않았고, 의식도 온전했다. 살림은 다른 사람의 도움이 필요했지만 힘들게나마 당신 스스로 걷고 움직이고 드실 수 있었다. 그래서 우리는 이별을 앞두고 엄마와 가족 여행도 갈 수 있었다. 시한부 선고를 받은 게 여름이었는데, 그 이후의 명절도 세 번이나 함께 보냈다. 그중 두 번의 명절에 나는 친정으로 건너가 엄마를 옆에 두고 음식을 만들었다. 명절에 집에서 기름냄새가 나니 좋다고 엄마가 함박함박 웃던 기억이 난다. 엄마의 죽음을 앞두고 내가 유일하게 잘했던 일은 그것뿐이다.

그리고 다시 몇 번의 입원과 퇴원이 있었다. 언제 무슨 일이 생길지 모르는, 그러나 아무 일도 일어나지 않는 반복된 시간의 긴장과 공포가 다시 우리를 덮쳤다. 우리는, 적어도 아버지 때보다는 의연했지만, 조금씩 흔들리고 있었다. 이미 경험한 시간이되 닥치고 보니 또 모든 것이 처음이었다.

마지막으로 엄마가 입원했을 때는 전쟁이 따로 없었다. 엄마가 밤새 끙끙 앓는 바람에 한숨도 못 잤다며 더는 못하겠다고 그냥 가겠다는 간병인의 전화가 입원 첫날 새벽부터 걸려왔다.

전날 내가 교대를 해주었던 것이 오후 두시였으니 간병을 맡은 지 만 하루도 지나지 않았다. 무책임하게 도망가버린 간병인에게 항의하고 동시에 새 간병인을 구하면서 엄마에게도 화를 내고 있었다. 아무리 아파도 좀 참지. 간병인 구하는 일이 얼마나 어려운데. 원망 섞인 분노 때문에 발을 동동 구르는 내게 엄마도 화를 냈다. 내가 얼마나 아픈지 네가 아냐. 목이 잔뜩 쉰 목소리였다. 호흡이 가빠져 숨을 못 쉬는데도 요양병원 이전을 종용하느라 병원에서는 눈에 띄게 환자를 방치하고 있었다. 혹시라도 힘든 내색을 하면 요양병원으로 옮길까 엄마는 의사 앞에서 아픈 척도 제대로 못했다. 기댈 곳이 간병인밖에 없었겠지. 알면서도 말기 암 환자인 엄마의 통증보다 간병인의 피곤에 더 신경쓰였다. 그마저 도망가면 더 방법이 없으니까. 내 마음의 우선순위는 왜 이따위일까. 서늘한 덩어리가 목울대에 얹혀 전화를 끊고 나는 좀 울기 시작했다. 그리고 일주일 후 엄마는 세상을 떠났다.

엄마가 마지막으로 입원했던 날 공교롭게도 보건복지부는 이른바 '존엄사법'이라 불리는 '연명의료결정시범사업'을 시행하기로 결정했다. 이미 오래전부터 엄마는 물론 우리 가족 모두 연명치료는 하지 않기로 결심이 서 있었다. 연명치료로 이 년이나 식물인간 상태에 머물렀다 세상을 떠난 아버지에 대한 기억 때문이었다. 그전까지는 연명이, '의학적으로의 삶'이 어떤 의미인지 몰랐다. 의식이 있는 상태에서 작별할 수도 있던 아버지를, 의식도 없이 억지로 육체만 세상에 붙들어놓았다 보내고 난 후에야 우리는 그 의미를 정확하게 이해했다. 그래서 아버지가 돌아가신 후 우리 가족은 다짐했다. 누구도 그렇게 보내지 않기로, 어떤 상황이 오더라도 그렇게 보내지 말아달라고 서로가 서로에게 부탁도 했다.

그 약속은 엄마도 마찬가지였다. 세상을 떠나는 순간까지 의식이 있던 엄마는, 임종 직전의 고통 속에서도 그 의사에 변함없음을 밝혔다. 마지막까지 거듭 엄마의 뜻을 물었던 우리는 결국 그 뜻에 따르기로 했는데, 그러나 우리가 비장하게 눈물로 결심한 존엄은 지켜지지 못했다. 임종의 과정을 지키고 있던 의료진이 연명치료에 동의하지 않았다며, 사람은 살리고 보아야 하는 거 아니냐고 큰 소리로 비난을 퍼부었던 것이다. 우리가 오랜 세월 어렵게 결심하고 다짐했던 존엄한 죽음은 졸지에 방치한 죽음이 되었다. 세상 마지막까지 살아 있는 것이 청각이라고 해놓고 그는 그 비난을 임종 과정에 있는 엄마 앞에서 퍼부었다. 그 바람에 엄마가 세상에서 들은 마지막 말은 당신 자식들이 당신을 죽도록 방치했다는 비난이 되어버렸다. 우리의 울음이 그 비난 속에서 전달은 되었을까. 아버지의 연명치료를 결정하고 오래 마음 아팠던 것 이상으로 나는 연명치료 거부에 대한 그 의료진의 비난에 오래 가위눌릴 것이다. 그리고 그

가위눌림은 앞으로 존엄사를 선택하게 될 이들과 그들의 가족이 짊어지고 가게 될 운명일지도 모르겠다.

엄마가 세상을 떠나고 얼마 후, 딸아이는 소아암 환우들에게 기부하겠다며 이 년 넘게 기르던 머리를 잘랐다. 좋은 상태로 보내기 위해 오래 가꾸고 다듬은 한 타래의 머리를 봉투에 넣으면서, 한 삶과 이별하고 죽음과 맞서 싸우는 다른 삶에게 위로가 될 무언가를 보내면서 나는 엄마와의 작별을 떠올렸다. 삶과 죽음 중 무엇을 선택했는가가 아니라 그 선택을 누가 했는가 말고 누가, 무엇이 삶과 죽음의 존엄에 대해 말할 수 있겠는가. 엄마는 누구보다 존엄하게 세상과 작별했다. 그리고 나도 반드시 그렇게 세상과 이별할 것이다. 그런 생각이 들었던 것이다. ✳

마음이 가리키는 운명

스무 살에 만난 역술가의 말이 맞았다면 나는 지금 미국이나 유럽에 살고 있어야 한다. 스물다섯 살에 찾아간 점술가의 점괘에 따르면, 우리 아이는 딸이 아니라 아들이어야 한다. 왜냐하면 나는 아들만 내리 셋을 낳는 운명이기 때문이다. 스물여덟 살에 뒤집어본 타로 카드의 조언대로라면 내 남편은 막내가 아니라 장남이어야 한다. 직장도 은행이어야 하는데, 내 남편과 은행과의 현재 연관성은 갚아야 할 대출 정도가 전부인 듯싶다.

또 있다. 서른 살에 만난 점성가는 몇 년째 식물인간으로 누워 있던 아버지가 두 달 후에 건강을 회복한다고 했다. 서른두 살에 만난 무당은 언제 결혼하나요 물었더니, 서른에 결혼한다고 했다. 가장 인상 깊은 사람은 역시 서른두 살에 알게 된 떠돌이 역술가다. 그를 만나는 자리에 나는 친언니와 동석했는데, 그는 두 사람의 사주도 헤아리고, 자신이 가진 영통도 발휘하며 곰곰 생각하더니 문득, 언니는 건강하게 오래 사는 아버지를 두었고, 나는 어려서 아버지를 잃는다고 했다. 그 말투가 너무 진지해서 우리가 친자매라고 말할 수가 없었다. 오히려 우리도 모르는 운명의 비밀이 있는 건 아닌지 엄마에게 물었다가 욕만 한 바가지 먹었다. 그리하여 과연 내가 점 보러 다니는 일을 그만두었을까.

점의 가장 오묘한 매력은 해석하기 나름이라는 데에 있지 싶다. 점이든 역술이든 운명에 대해서 말할 때 절대 명쾌한 단어를 사용하는 법이 없다. 동남쪽에서 좋은 소식이 들려올 거라든가 열심히 준비하고 있는 일이 결실을 맺을 거라든가 손재수가 있다는 식의 비유와 상징으로 가득하다. 몇월 며칠 누구와 어디에서 어쩔 것이라는 명확한 말은 절대 해주지 않으니 점괘가 일러준 대로 됐는지 아닌지는 해석하는 이의 입장에 따라 달라질 수 있다.

그런 이유로 내가 앞에 열거한 사례도 틀린 점괘라고 볼 수만은 없다. 어쩌면 연애를 했을지 모르는 이들 중에는 이민을 떠난 사람도, 장남도, 금융업에 종사하는 사람도 있으니 그들과 결혼했으면 아들만 내리 셋을 낳았을지도 모를 일 아닌가. 언니와 나 둘 중 한 사람은 정말 다리 밑에서 주워왔다고 칠순을 바라보는 어미가 차마 고백하지 못했던 건지도 모른다. 그렇게 상상하다보면 진짜 내 운명은 따로 있는데, 해석을 잘못해서 다른 길을 걷고 있는 건 아닐까 하는 생각도 가끔 든다. 어떤 면에서 점집을 돌고 도는 나의 순례는 앞날에 대한 비전을 묻기 위해서라기보다 '나'라는 존재로 상상 가능한 다양한 삶의 형태를 탐색해보는 일종의 놀이인 셈이었다. 상상하다보면 그들의 조언을 따르지 않아 많이 달라진 삶이 약간이나마 억울하거나 아까울 때도 있다.

점집 순례를 그만둔 건 꽤 오래 전이다. 인생에 바닥이 있다면 바로 지금이야 하며 청승 떨고 다니던 시절에 한 역술원을 찾아갔다. 이십대 중반에도 찾아간 적이 있던 곳이었다. 그때 그곳 주인은 내 사주를 놓고 무릎을 연신 쳐가며 호들갑을 떨었댔다. 내 앞에 더없이 높고 크고 화려한 미래가 기다리고 있다고 했다. 나는 그 이야기를 다시 듣고 싶었다. 사주가 미래를 얼마나 예측할 수 있는지는 모르겠지만 그때 나는 위로가 필요했다. 뭐든 근사한 미래를 상상하고 싶었다. 그런데 웬걸, 그는 똑같은 사주를 앞에 놓고 이맛살을 찌푸리며 한숨을 푹 쉬더니 더없이 낮고 초라하고 처참한 미래만 들려주었다. 같은 사주를 놓고 왜 다른지 묻지도 못하고 혼자 고민하다가 깨달았다. 그가 말하는 것이 미래가 아니라 당장에 처한 내 마음 상태라는 사실을 말이다. 그리고 그 마음이 결국에는 미래를 좌우한다는 아주 평범한 진리까지.

　위로가 필요한 순간에 위로를 듣지 못했기 때문에 나는 더 이상 위로를 찾아다니지 않았다. 대신 하루하루를 마지막처럼 살았다. 그러고 나니 홀연히 그 시절이 지나갔다. 지난 다음에 생각해보니 사실 그렇게 나쁜 시절도 아니었다. 그날 이후 점을 보고 싶을 때면 곰곰이 앉아 내 마음을 들여다본다. 열 길 물속보다 깊은 게 한 길 사람 속이고, 그중 가장 알 수 없는 게 자신의 마음이겠지만, 찬찬히 들여다보면 의지도 희망도 보인다. 깨닫는 대로 걸으면 그게 운명이고 미래가 될 것이다. 신년운세? 다 필요 없다. 내 마음이 토정비결이다. ✻

추억과 밥을 먹었다

　한때 유행하던 동창 찾기 인터넷 사이트에서 내가 제일 먼저 찾았던 사람은 친구도, 선배도, 첫사랑도 아닌 수학 선생님이었다. 어렵게 연락이 닿았는데, 직접 만나기까지는 조금 시간이 걸렸다. 선생님이 재직중인 학교 근처로 회사를 옮기고서야 비로소 기회가 닿았는데, 그때도 나는 학교 근처에 있는 회사로 이직을 했노라 연락을 드리기만 했을 뿐 막상 뵈러 갈 생각은 하지 못했다. 그런데 회사를 옮기고 일주일 후, 선생님에게 전화가 걸려왔다. 마침 제자들의 졸업식이 있으니 와서 오랜만에 졸업식 구경도 하고 점심도 먹고 가라고 하셨다. 마땅히 그러겠노라며 전화를 끊고 나니 그제야 비로소 뭔지 정체를 알 수 없는 감정이 밀려왔다.

　생각해보니 십오 년 만의 만남이었다. 선생님을 마지막으로

뵌 건 고등학교 1학년 때 선생님 결혼식에 축하드리러 가서였다. 그전에 담임을 맡은 아이들과 연극을 보러 가는 자리에 부르신 적이 있으니, 그날의 만남이 졸업한 후 세번째 만남이 되는 것이다. 세번째 만남이라…… 피천득은 수필 「인연」에서 세번째는 아니 만났어야 했다고 하지 않았던가. 문득 불안한 마음이 스쳤다. 물론 내가 선생님의 아사코는 아니지만, 그래도 열네댓 살의 나이에서 이십대를 그대로 통과해 서른 중반의 나이에 만나자니 어색하고 쑥스러웠다. 제법 괜찮게 나이 먹은 모습이고 싶은데, 그런 모습은 아닐 거 같다는 생각이 자꾸만 들었다. 하기야 누군들 십대에 꾸었던 꿈처럼 늙어갈 수 있을까. 그래도 좀더 예쁘고, 좀더 멋지고, 좀더 잘살고 있는 모습을 보여주고 싶은 건 아사코만이 아닐 것이다. 발걸음은 급한데, 마음은 느릿느릿 뒤로 걷는다.

누군가 내게 가장 아름다웠던 시절이 언제냐고 묻는다면 주저하지 않고 열네댓 살 무렵이라고 대답할 수 있다. 아무리 생각해도 그때처럼 자신만만하고 솔직하고 내가 이루고 싶은 꿈에 대해 완전한 믿음을 가졌던 때가 없지 싶다. 지금에야 가장 싫어하는 격언 가운데 하나가 '하면 된다'이지만 그때는 정말 하기만 하면 조국 통일도 내 손으로 이뤄낼 수 있을 줄 알았다. 그런 얼토당토않은 자기 확신이 가능했던 것은 그만큼 나를 믿어준 사람들이 있었기 때문이다. 사랑받은 자 사랑할 줄 알고, 신뢰받은 자 강해진다는 건 그 시절에 배운 깨달음이기도 하다.

  중학교 때를 생각하면 언제나 신축한 지 얼마 안 되는 붉은 벽돌 건물과 봄날 햇빛을 받아 뿌옇게 먼지 일어나는 학교 운동장이 먼저 떠오른다. 신설 학교였던지라 선생님들은 대부분 대학을 갓 졸업한, 이십대 중반을 넘지 않은 나이의 젊디젊은 분들이셨다. 그러니 선생님이라기보다는 누나나 형처럼 보일 때가 많았다. 수업 끝나면 같이 축구하고, 문화유적지에 놀러가서 시끄럽게 장난치다가 관리인에게 나란히 경고받고, 수련회라도 가면 먼저 잠든 얼굴마다 그림 그리고 아이들과 함께 수박서리 나가는 일이 부지기수였다. 이십대 초반의 나이란 십대 못지않은 질풍노도의 시기인 법. 선생님들끼리 연애하다가 학생에게 들키는 일도 허다했으니, 고생은 연륜 있고, 나이 많으신 주임급 선생님들의 몫이었다. 철딱서니 없는 어린 선생들 단속하랴, 초등학생티 줄줄 흘리는 신입생들 규율 잡으랴 바빴다. 갓 부임한 페스탈로치의 후예들이라 촌지를 받는 법도 없고, 가난하고 공부 못하는 학생이라고 형편과 성적으로 차별 대우하는 일은 없는 젊은 교사들이었지만, 조건과 무관하게 특별히 예뻐하는 학생이 있음을 숨기지는 못했다.

  그 차별적인 편애를 나는 수학 선생님에게 받았다. 교무실에 불러서 수학 문제 풀게 하기. 나 좋다는 남학생이 쓴 연애편지 대신 전달해주기. 다른 선생님께 혼나고 있으면 나와서 알은

척하기. 학교 앞에 불량 청소년이 나타난다는 소문이 무성하던 어느 날, 늦은 시간에 친구도 없이 혼자서 귀가하는 걸 보고는 직접 집까지 바래다주셨는데 그날은 정말 곤혹스러웠다. 우리 집은 쓰레기 하치장을 지나야 나오는 동네였다. 그 길을 선생님과 걷고 싶지 않았다. 나는 선생님이 내 가난을 보게 되는 일이 싫었다. 하지만 그날 선생님은 두꺼운 베니어합판에 양철판을 붙여 만든 대문도 아닌 대문까지 기어이 날 데려다주셨다. 가난을 들킨 게 부끄러워 한동안 선생님을 피해 다녔는데, 그 어색한 기간을 어떻게 풀었는지 기억이 나지 않는다. 아마도 선생님께서 또 얼토당토않은 내기를 걸어오셨을 것이다. 참 많이 아껴주셨는데, 고등학교에 진학한 후 두어 번 뵙고는 연락이 끊어졌다. 더러 혹은 자주 생각나기도 했지만, 마음처럼 연락을 드리게 되지 않았다. 세월이 갈수록 깊어지기보다 세월 따라 적당히 잊어먹는 게 어린 내게 더 편했을 것이다.

동창 찾기 사이트를 통해 어렵게 선생님과 연락은 닿았는데, 바로 찾아뵙지 못했던 건 당시의 내 사정이 그다지 좋지 못했던 탓도 있다. 회사에서 가정에서 그리고 연애사에 이르기까지 내가 속한 모든 일이 다 꼬이고 틀어져버렸다. 추억을 찾을 여유가 없었다. 사는 것도 지겨워죽겠고, 앞도 뒤도 캄캄하고, 세월아 얼른 늙어라, 같이 확 죽자꾸나 노래하느라 가슴 팍팍한데, 추억은 무슨 추억…… 그러고 있으면 선생님께 한 번씩 전화가 왔다. 밥은 먹었냐. 일은 바쁘지 않냐. 새해 복 많이 받으려무나. 그런데 무심한 그 안부가 비바람 같은 나날 속 때로 내게 우산 같았다. 세상 모두에게서 버림받은 거 같고, 운명도 나를 믿어주지 않는데, 오래전 과거의 한 시절로부터 여전히 애정과 격려를 받고 있다는 것. 그 따뜻함을 어떻게 설명해야 할지 모르겠다.

십오 년 만에 만난 선생님은 거짓말처럼 똑같았다. 나 혼자 훌쩍 커서 타임머신 타고 돌아온 건 아닐까 하는 생각마저 들었다. 하기야 불과 십 년 안팎의 나이 차이니 같이 늙어가는 처지라고 보아도 좋을 터였다. 학교를 구경하고, 달라진 입시 풍속도 들려주시더니 점심 먹으러 가자신다. 다른 제자들은 학교 식당에서 점심 먹고 갔는데, 졸업식이라 식당이 문을 열지 않았다며, 좋은 식당에서 한턱내시겠다고 했다. 그 순간 데리고 사는 딸하고는 양푼에 담아 나눠 먹는 밥, 시집살이하는 딸이 오면 고기 얹어 차려주는 친정어미의 마음을 본 듯했다면 비약일까.

묵묵히 밥을 먹으면서 무슨 대화를 나누었는지는 통 기억나지 않지만 한 가지는 분명히 깨달았다. 선생님을 보고 싶다고 말은 했지만, 생각해보니 그것은 선생님에 대한 것이 아니라 그저 내 추억에 바치는 도취성 그리움이었을 뿐이었던 것이다. 선생님은 나를 아꼈지만 나는 내 기억을 아끼고 있었다. 내 속내가 그리 이기적인 줄도 모르시고, 식사를 마치고 나오는 길에 선생님은 나를 보고 잘 컸다, 잘 컸다, 허허 웃으며 봄날 산책하러 한번 들르라 하시는데, 잘 컸나, 잘 컸나, 내가 나에게 한번 더 물으며 부끄러웠다.

어쩌면 그날의 선생님도 나처럼 그저 당신의 기억을 한번 만나고 싶었던 건지도 모르겠다. 그렇다 해도 이 나이가 되도록 나는 내 기억에게 그렇게 따뜻한 밥 한 그릇 먹여본 적 있었나. 아무래도 없던 것 같다. ✲

초보농사 고군분투기

살아 계실 때 아버지는 죽은 식물도 살린다는 '초록엄지'였는데 나는 그 쉽다는 선인장도 제대로 키울 줄 몰랐다. 무슨 영문인지 내 손에만 닿으면 어떤 푸른 것도 다 시들었다. 물도 주지 말라고 해서 물도 안 줬는데 뿌리가 썩기도 했다. 그래서 꽃이든 식물이든 뭘 키운다는 건 생각도 해본 적이 없다. 그런데 아버지가 돌아가시면서 그 재주를 내게도 조금은 물려주신 걸까. 언제부터인가 내 손에서도 채소가 자란다.

처음에는 아이 때문에 시작했다. 다니던 유치원에 작은 텃밭이 있어 반마다 고사리손으로 몇 가지 작물을 길렀는데, 어디서 들었는지, 집에서도 채소를 기를 수 있다고 해보고 싶다고 졸랐다. 어린아이 기분이나 맞춰주자고 시작했던 일이었다. 그래서 아파트 베란다에서 가능한 작물들, 그중에서도 쉽기로 소문난 방울토마토나 쌈 채소들을 키웠다. 어쩐 일인지 아이와 함께 심고 가꾼 채소들은 제법 쑥쑥 자랐다. 방충망 사이로 벌 나비 날아들 방법이 없어 수정은 지나가는 바람이 해주거나 책에서 읽은 대로 미술 붓 살살 털어서 해야 했지만 꽃 피어야 할 때 꽃 피고, 열매 맺어야 할 때 열매 맺었다. 어느 해엔가는 너무 잘 자라 천장에 닿을 것처럼 커버린 방울토마토를 보면서 이 좁은 베란다가 아니라 진짜 밭에서 이런 걸 해보면 하는 욕심이 들기 시작했다. 마침 인근 쇼핑센터에서 선착순으로 청계산 텃밭을 분양하겠다는 전단이 우편함에 도착했다. 망설일 이유가 없었다.

첫 농사에 대한 우리의 기대는 원대하고 야심 가득한 것이었다. 초보 텃밭 농사꾼이 해보면 좋을 만한 거의 모든 것을 시도했다. 호미도 사고 가래도 사고, 모종도 사고 씨앗도 사고 거름도 샀다. 상추도 심고, 고추도 심고, 토마토도 심고, 가지도 심고, 오이도 심었다. 텃밭 주인이 하지 말라는 걸 제외하고는 주말농장에서 심을 수 있다는 것 중에 구할 수 있는 건 죄 심었던 것 같다. 집에서 가까운 곳이 아니라 자주 들여다보기가 쉽지 않았는데, 공교롭게도 그해 봄은 가뭄이었다. 그래도 첫 농사라 애착이 많아서 물 주러 가는 일이 고되지는 않았다. 비료도 직접 만들고, 살충제도 천연으로 만들고, 어떤 벌레들은 나무젓가락으로 일일이 잡아도 가면서 키웠다. 베란다에서는 시도해볼 수 없는 오이나 가지를 키워보는 일은 쏠쏠한 재미가 있었다. 누구나 쉽게 키우는 화초도 내 손에 닿으면 금세 시들하니 죽고 말았는데, 텃밭에 가꾼 채소는 어찌나 잘 자라던지, 귀농해도 되는 건 아닐까 호들갑을 떨기도 했다.

한동안은 정말 좋았다. 아이와 함께 흙을 만지는 것도 좋았고, 도시락에 갓 지은 밥과 구운 고기를 담아가 직접 딴 쌈채소에 싸 먹이는 재미도 괜찮았다. 성급한 마음에 조금 일찍 따낸 어린 가지의 부드러운 속살은 마트에서 파는 그것과는 비교할 수도 없게 달았다. 고작 상추 몇 잎을 직접 따서 먹기까지 들인 비용을 생각하면 입 짧은 세 가족이 일 년은 너끈히 먹을 채소 가격이었지만 흙을 밟고 생산의 기쁨을 배울 수 있으니 그 이상의 값어치가 있는 일이라 생각했다. 골방에 앉아 골방 같은 소설만 쓰지 말고, 흙을 밟고 햇볕을 쬐며 삶 내 나는 소설을 쓰는 일도 어쩌면 가능하지 않을까 기대하기도 했다.

하지만 몇 번의 도시락 만찬이 지나가자 조금씩 힘에 부쳤다. 수확하고 돌아서면 어느새 만개한 꽃처럼 자라는 상추 다발도 무서웠고, 비만 오면 넘어지는 지주도 버거웠다. 등산로에 있는 텃밭이라 그런지 손도 쉽게 탔다. 어렵게 맺은 열매들을 수확하러 가면 어떤 날은 절반 이상 누군가의 손을 타서 사라져 있기도 했다. 그해 가뭄은 여름에도 계속됐는데, 여름 가뭄은 봄 가뭄과 비교할 수도 없었다. 내가 가진 텃밭은 두세 평

남짓이지만, 그 텃밭을 분양해주는 농장의 넓이는 어마어마했다. 밭 한가운데에 그늘이 있을 리 없었다. 비교적 쉼터에서 가까운 텃밭을 분양받았는데도 소금기만 없다면 그 밭을 가는 동안 흘린 내 땀으로 물을 줘도 될 지경이었다. 잡초는 또 왜 그렇게 잘 자라는지, 내 밭의 잡초만 열심히 뽑는다고 될 일이 아니었다. 일찌감치 농사를 포기한 사람들의 밭에서 원래 심은 농작물과 알아서 뿌리내린 잡초들이 무성하게 숲을 이뤄 오가는 길에 발목까지 잠겼다. 내가 이토록 열과 성을 다해 텃밭을 가꾸는 동안 한 번도 찾아오지 않아 잡초가 숲이 되도록 버려놓은 텃밭 주인들에게 미움이 절로 솟았다. 글은 당연히 한 줄도 쓰지 못했다. 흙내 나는 소설은커녕 '텃밭일기'라고 거창하게 제목을 달아놓은 메모장도 한 문단을 채우지 못했다.

그 농사의 마지막은 사십 도가 넘는 고온이 계속되던 날 중 하루였다. 가을 농사를 위해 밭을 갈아엎어야 한다는 땅주인의 요청에 따라 텃밭 정리를 해야 했다. 지열에 숨도 제대로 못 쉬면서 지주를 뽑아내고 남은 작물을 정리하면서 나는 다시는 이 밭에 오지 않으리라, 적어도 가을에는 오지 않으리라, 이를 박박 갈았다. 고작 세 평 밭을 정리하면서 애초에 내가 꾸었던 꿈을 하나하나 반성했다. 삶이라니, 땀이라니, 땅에 대한, 농사에 대한 이해라니, 그 무엇 하나 가당한 것이 없는 오만이었다.

그래도 한 가지는 배웠다. 순간의 경험이, 체험이 삶을 대신

할 수는 없다는 것. 지나가는 자는 머무는 자의 고충을, 행복을 절대 알 수 없다는 것. 안다는 말은, 알겠다는 말은 매우 오만하고 경솔한 말이라는 것. 그래서 나는 농사를 그만두기로 했다. 아니, 농사 흉내를 그만두기로 했다는 말이 맞겠다. 땅을 대한다는 건, 삶을 이해한다는 건, 폼으로 낭만으로 자랑삼아 될 일이 아니었다.

그렇게 혹독하게 배운 경험으로 농사 종료를 선언하고도 시간은 약인지 독인지, 몇 년 지나니 또 슬슬 밭이 그리워졌다. 마침 이번에는 멀지도 않은 인근 청소년 도서관 옥상에 텃밭을 분양한다는 공지가 뜬 걸 봤다. 청계산 텃밭의 오분의 일이나 겨우 될까 말까 한 작은 텃밭이다. 이번에도 아이와 함께 농사를 짓기로 했다. 이번에는 내가 먼저 아이를 꼬셨다. 몇 년간 무럭무럭 자라 어느새 사춘기에 도달한 아이를 보니 어쩐지 자꾸 초보 농사 시절이 자꾸 생각나지 뭔가.

알량한 텃밭 농사로 인생을 배우고, 농부의 땀을 이해하는 건 주제넘은 일이지만 그래도 자식 기르는 일하고는 비슷한 것 같다. 정성을 들인 만큼 자라는 것도 그렇고 내 밭 관리 못하면 남의 밭까지 피해를 주는 것도 그렇고, 뭐 하나 맞지 않는 비유가 없지만 계절과 나이를 연관 지으면 놀랍도록 일치한다. 씨 뿌리고 모종 심고, 설레며 물 주는 봄 농사가 유아를 키우는 일이라면 더운 여름 뙤약볕에서 뽑고 뽑아도 자라는 잡초와 싸우고, 벌레와 싸우고, 해줄 것 다 해줬는데 열매 맺지 않는 채소를 보며 땀으로 참을 인자를 새기는 여름 농사는 사춘기에 접어든 아이를 키우는 일과 닮아도 너무 닮았다. 마침 우리 아이가 딱 그 무렵의 나이가 되었다. 이걸 견디고 넘어서야 가을에 열매를 맺을 수 있을 거라고 머리로는 아는데, 감정적으로는 그걸 넘어서기 어렵다.

자식 키우는 일이 농사와 아무리 비슷해도 다른 건 다르다. 밭이야 내가 들인 노고만큼 내 것이지만 아이는 내가 들인 노고가 얼마든 내 것이 아니다. 밭에서는 내가 심은 열매가 나지만, 아이는 저 홀로 심은 꿈으로 열매를 맺는다. 그런 마음으로 보면 안 자란 열매도 없고, 잘못 자란 열매도 없다. 우리가 들여야 할 정성은 밭을 향한 것이지 열매를 향해서는 안 될 일. 그러니 밭만 가꾸어주고 열매는 간섭하지 말자 수시로 다짐하는데, 사춘기 농사가 여름 농사라 그런지 마음속 천불 다스리기가 쉽지는 않다. ✽

당신이 누구인지 당신이 말할 수 있게

처음 들어간 직장에서 만난 선배는 나보다 겨우 세 살 정도 많았지만 그때 이미 한 아이의 아버지였다. 일에 대한 능력도 뛰어났지만 조직생활도 그렇고 뭐든 대충하지 않았다. 직장생활 중에 벌어지는 작은 불의도 그냥 넘어가지 않았는데, 자신에게 벌어진 일이 아니라 동료에게 벌어진 일이라도 그러했다.

이십여 년이 지나 다시 만난 선배는 그새 두 아이의 아버지가 되어 있었다. 불의를 참지 않고 변화를 위해 직접 나서는 성격은 더욱 확장되었다. 출판사를 운영하면서 여러 사회운동에도 적극적으로 참여하고 있었다. 얼마 전에는 성년을 앞둔 둘째 아이의 성별을 바꾸기 위해 가족등록부 정정신청을 하였다. 자라면서 태어난 바와 다른 성정체성을 자각한 자식의 뜻을 존중하여 법적 신분증명 정정까지 받아낸 선배의 결단도 놀라웠지만, 그 과정에서 선배가 쓴 부모동의서는 그 어떤 글보다 감동적이었다. 나는 선배의 아이가 누구보다 부러웠다.

자신의 존재를 근본부터 회의해야 하는 과정을 거친다는 건 세상 그 어떤 고민보다 어렵고 힘든 일일 것이다. 그러나 그 근원적 고민을 함께 고민해주고 끝내 지지해줄 부모를 만날 확률은 그보다 더 어렵다. 동의서를 읽으며 나는 '내가 누구인지 말할 수 있는 자는 누구인가' 하는 문장이 떠올랐다. 한때의 베스트셀러 제목으로 쓰이기도 했던 이 문장은 원래는 셰익스피어의《리어왕》에 나오는 질문이다. 정답은 나일 것 같지만, 아니다. 사실은 남이다. 타인이다. 타인의 시선이, 타인의 통제가 나를 규정하고 통제한다는 의미다. 사회적 인간이라는 말은 어떤 면에서 시선에 갇힌 인간이라는 말일지도 모른다. 바꿔 말하면 나도 때때로 타인의 삶에 대해 간섭하고 규정하고 통제하는 오만을 저지르며 살고 있다는 뜻이기도 하다.

정체성에 대해 이야기하다보면 떠오르는 영화가 있다. 한국에서는 〈굿'바이〉라는 제목으로 개봉된 일본 영화 〈오쿠리비토〉다. '보내주는 사람'이라는 의미를 가진 이 영화는 첼리스트의 삶을 접고 장례지도사가 된 주인공이 만나는 다양한 죽음을 보여주는 영화다. 우리가 실제로 접하기 힘든 고인을 염습하는 장면이 구체적이고 사실적으로 묘사된다. 불편하지는 않다. 오히려 아름답고 경건한 마음으로 지켜보게 되는데, 영화 속 에

피소드 중 두 가지 정도가 기억에 남는다.

하나는 고인이 여자인 줄 알았는데, 염습하는 과정에서 트랜스젠더 남성임을 알게 되는 장면이다. 화장을 해야 하는데, 여자로서 화장을 해야 하는지 남자로서 화장을 해야 하는지를 두고 가족들 간에 실랑이가 벌어진다. 남자여야 한다 여자여야 한다를 두고 가족끼리 다투는 과정중에 아버지가 울며 고백한다. 자식이 여자가 되고자 하는 순간부터 얼굴을 정면으로 본 적이 한 번도 없었다고. 다른 사례도 비슷하다. 알록달록하게 머리를 물들인 채 죽어 누운 자식의 모습을 인정할 수 없다며 교복을 입고 검은 머리를 한 사진 속 단정한 모습으로 바꿔달라고 불평하는 어머니가 있다. 나쁜 친구를 만났을 뿐, 그래서 불행하게 사고를 당했을 뿐, 원래는 착하고 순한 아이였다는 어머니의 불평과 불만 뒤에는 딸이 어떤 갈등과 고민 속에 방황했는지는 끝내 무관심했던 부모의 무책임과 이기심이 숨어 있다. 영화를 보는 동안 생각했다. 내가 누구인지는 내가 말하고 싶어하면서 네가 누구인지도 내가 규정하고 싶어하는 이기심에서 우리는 얼마나 자유로울까.

내 얼굴은 내가 책임져야 하고, 내 정체성과 존엄성을 지키기 위해 내가 스스로 서야 한다는 모범답안은 누구나 알고 있지만 가끔은 나보다 타인의 정체성과 존엄성을 강요하고 통제하는 일에 더 많은 힘을 쏟고 있는 건 아닌가 하는 생각이 든다.

살아 있는 삶은 물론이고 때로는 죽음에 대해서도 그러하다. 4월은 4.3으로 시작해서 4.16과 만난다. 무고한 삶들이 이유도 모르고 무력하게 떠난 날들이다. 동시에 오해받고 통제되고 혹은 감추어진 삶이자 죽음들이다. 그들의 참혹한 아픔을 어루만지고 복원하려는 노력들이 계속되고 있지만 여전히 다른 시선은 존재하는 것 같다. 세상 모든 삶과 세상을 떠난 모든 죽음들에게 그들의 삶을 그들의 것으로 돌려주고 지켜주는 봄이었으면 좋겠다. 천지에 흐드러진 꽃조차 자기 이름을 가지고 태어나 자기 이름으로 저물지 않던가. ✽

호출기, 흔적 없는 그리움

호출기를 장만하고 나서야 생애 처음으로 연애란 걸 시작하게 되었다. 물론 연애를 하기 위해서 호출기를 장만한 것도 아니고, 애인이 호출기를 사준 것은 더더욱 아니다. 그저 시기적으로 그렇게 되었다는 뜻이다.

하지만 그게 우연이란 생각은 들지 않는다. 왜냐하면 연애의 시작이자 기본 장르 중 하나가 늦은 밤 은밀한 통화인데, 그때까지 전화가 따로 놓인 내 방 같은 걸 가져본 적이 없는 나에게는 절대 불가능한 일이었기 때문이었다. 보수적인 부모님은 설령 동성 친구에게 온 전화라고 해도 늦은 시간 사적인 통화를 이해하지 못했다. 그러니 늦은 밤 전화로 애정을 속삭이는 일 따위는 상상할 수 없었다. 몰래 짝사랑했던 남자에게 온 전화조차 자정이 다 된 시각이라는 이유로 식구들 앞에서 보란듯이 역정을 내고 끊어야 했다.

그런 면에서 밤이고 새벽이고 요란하게 울리는 벨소리 없이 안부를 물을 수 있는 호출기는 더없이 매력적인 도구였다. 녹음된 음성을 듣거나 메시지를 남기는 일은 전화기를 들고 슬쩍 화장실에 가거나 방에서라도 이불만 덮어쓰면 가능했다. 새벽 세시 나를 위해 노래를 불러주는 남자의 목소리를 듣는 일이 호출기가 생기면서 비로소 가능해졌다. 그리고 그런 일이 생겼는데, 어찌 연애를 시작하지 않을 수 있겠는가. 내 호출기의 역사는 내 연애의 역사이기도 하다.

호출기가 가지고 있는 가장 매력적인 기능은 역시 음성메시지가 아닐까 싶다. 사랑에 빠져 있을 때, 직접 전하기 어려운 고백을 남기기에도 유용하지만 정말 그 기능이 값진 능력을 발휘하는 것은 연애가 끝난 이후다. 살다보면 차마 만나거나 연락할 수 없는 그리운 사람이 생기게 마련이고, 더 살다보면 그런 사람에게 혼잣말하듯 '잘 지내나요' 묻고 싶을 때가 있는 법인데, 그럴 때 음성녹음은 너무나 유효하다. 호출기를 사용하는 사람이라면 응당 사용하는 인사말 기능도 그럴 때 고맙다. 녹음할 용기조차 없을 때는 상대의 번호를 눌러서 그의 목소리만 듣고 끊으면 된다. 호출번호를 남기지 않는 한 내가 그를 그리워한 마음은 흔적도 남지 않는다. 그게 휴대폰과의 결정적인 차이다. 휴대폰도 음성녹음이 가능하지만, 그건 상대와 통화연결이 되지 않았을 때의 일이라, 어쨌든 전화를 건 흔적은 남길 수밖에 없다. 발신번호 차단기능을 쓴다 한들 오히려 상대에게 오만 상상을 불러일으킬 테고, 그 상상 속에 내가 지나갈 가능성이 백만분의 일이라도 존재한다면 완전범죄는 말짱 꽝이다. 무릇 그리움은 들키지 않아야 더욱 아름답고 간절한 법 아니던가.

언젠가 내 호출기에 번호도 없이 음악을 남겨준 이가 있었다. 많이 지쳐 있던 때였고, 너무 외로울 때였다. 길 한복판에 있는 공중전화에서 내 번호를 누르고, 비밀번호를 누르고 나니 밀물처럼 음악이 귓속으로 쏟아져들어왔다. 내가 걷고 있던, 의미 없고 정신없던 길이 음악 속에서 분명하게 보이기 시작했다. 그 길 위에 쏟아지는 햇살이 얼마나 밝고 아름다운지도 비로소 보였다. 나를 위해 메시지도 없이 오직 음악만 선물해준 어떤 존재 때문에 눈물이 났다. 사람 많은 거리에서 나는 잠시 울었다. 그러고 나니 기운이 났다. 그런 존재가 있는 한 조금 열심히 살아도 될 것 같았다.

이제 그런 일은 없을 것이다. 바야흐로 지금은 하고 싶은 말, 하고 싶은 때 할 수 있는 휴대폰의 시대인 것이다. 숨기지 못한 그리움을 전화선에 증폭시켜도 들키지 않던 시절이 가끔은 그립다. 다시 호출기를 사용하면 가능할까. 아니다, 그도 아닐 것이다. 모든 것은 그저 지나간 봄날의 추억, 내가 호출할 수 있는 것도 그 추억일 뿐이다. ❋

대한민국 김장 노동자

지난 주말 드디어 김장을 끝냈다. 그동안은 11월 중순에 했으니 다른 해보다 많이 늦었다. 김장을 끝내자마자 한파가 닥친다. 땅 파고 장독 묻어 김치를 보관하는 환경도 아니고, 플라스틱 용기에 켜켜이 담아 냉장고에 넣고 살면서 다행이다 소리가 절로 나온다. 하고 보니 엄마가 늘 하던 소리다. 꾸물거리다 배추 얼면 큰일이라고 가을 끝자락이 오기도 전에 김장을 서둘렀던 엄마다. 우리집 김장은 단맛을 연시로 내기 때문에 연시가 나오는 철에 미리 사서 꽁꽁 얼렸다가 썼다. 처음으로 혼자 김장을 했던 작년에는 연시가 가을 내내 나오는 줄 알고 엄마가 연시 사둬라 잔소리하는 걸 흘려들었다가 놓치고 결국 다른 과일을 썼다. 올해는 엄마가 잔소리하던 것들 하나도 안 놓치고 다 넣었다. 넣지 못한 거라면 엄마가 해마다 직접 걸러주던 멸

치액젓이다. 매실액이며 고춧가루에 다진 마늘까지 엄마가 챙겨놓은 재료가 가득인데, 멸치액젓만 똑 떨어졌다. 내년 김장에는 매실액도 사서 써야겠지, 아쉬워하면서 엄마가 없어도 엄마가 담그던 방식으로 김치를 담는다. 삶이란 게 참 묘하다. 눈을 뜨면 날마다 새로운 날이지만 실상 삶의 관성은 어제를 포함한 기억 속에 있다. 살아봤던 시간의 습관으로 살아보지 않은 시간을 더듬어가는 것, 현실인 줄 알았는데, 알고 보니 과거인 그런 게 삶이라는 생각도 든다.

어렸을 때 기억 속 김장은 이웃 품앗이 노동이었다. 수도를 사이에 두고 한쪽에는 장독대가 한쪽에는 마주보는 두 방이 있는 주인집 대청마루가 있었다. 마당을 두르고 세 개의 셋방이 있었는데 하나만 빼고 나머지는 부엌이 딸린 방이었다. 부엌이 딸렸다는 건 살림집이라는 뜻이고, 그건 김장을 하는 집이라는 의미였다. 김장은 서로 다른 날짜에 돌아가면서 했지만 어느 김장이든 마당에 사는 가구가 함께 참여했다. 굳이 약속하지 않아도 그랬다. 어느 집 김장이든 네 가구의 손이 다 들어갔고, 그래서 그 집에 사는 동안 김장은 해마다 네 번이었다. 가난한 동네 가난한 마당이니 돼지고기를 삶는 일도, 알 굵은 굴을 사서 버무리는 일도 거의 없고, 잘 절인 배추 속잎에 뻘건 무채 속만 넣어 갓 지은 밥에 올려 먹는 게 다였지만 그래도 꼭 잔치 같았다. 아 맞다, 프림 설탕 잔뜩 넣은 뜨거운 커피도 그날은 한두 모금 홀짝 얻어먹을 수 있었다. 김장이라는 게 아무리 서둘러도 가을 끝이라 이미 얼음장 같아진 수돗물에 손을 담가야 하는 일, 고기는 못 삶아도 시린 손에 저절로 얼어붙은 몸들 녹이라고 하루종일 아궁이에 국솥은 올려놓았던 것 같다.

내가 기억하는 방식의 김장은 재개발로 마당에 살던 사람들이 뿔뿔이 흩어지면서 끝났다. 아파트라는 새로운 주거 공간에서도 품앗이가 있기는 하지만 그 옛날 이웃 공동체 방식의 품앗이와는 느낌이 좀 다르다. 마당에서 하던 걸 마루에서 하려니 좀 허전하기도 하고. 대신 양도 많이 줄었다.

나는 김장이 제3의 명절 노동으로 취급된다는 걸 결혼한 후에 이웃 주부들을 보고서야 알았다. 시댁에는 모여서 김장을 하는 문화가 없고 각자 알아서 김장을 담근지라 듣도 보도 못한 일가친척들 겨울 양식 준비해준다고 적잖은 집의 며느리들이 명절 노동 하듯 불려가 김장을 하는 것도 몰랐다. 그때나 지금이나 김장은 여전히 여자들의 몫이다. 나는 왜 그걸 인식하지 못했을까. 고난은 내가 그 한가운데에서 서 있지 않을 때에만 위대하다. 노동도 모성도 늘 바깥에 서 있는 자들이 아름답게 말한다.

얼마 전 아이의 영어 수업 시간에 한국의 김장 문화에 대한 이야기가 나왔다고 한다. 외국인 교사가 집에서 김장 도와본 적 있는 사람이 있는지 물었는데, 여학생은 모두 손을 들고, 남학생은 단 한 명도 손을 들지 않았다고 한다. 남학생들은 영어를 이해 못한 걸 거야, 농담하듯이 넘겼는데 정말로 그 데이터가 농담이거나 아주 드물고 특수한 사례였으면 좋겠다. ✽

용서의 나라

열다섯 살 때, 다니던 피아노 학원 원장 남편에게 성추행을 당했다. 서울 시내 대형 교회 성가대 지휘를 맡고 있다는 장로였다. 피아노를 전공하는 두 딸이 있어 집에 몇 대의 피아노를 두고 아이들을 가르치는 가정식 학원이었다. 구십을 넘은 노모와 원장이 늘 집에 있었는데, 그날은 원장 남편 말고는 아무도 없었다. 나중에 다시 오겠다고 하자 괜찮다며 피아노가 있는 방으로 나를 데려갔다. 처음에는 아무 일도 없었다. 아무도 없는 집에서 연습하는 게 불편해서 일어나려고 하자 자신이 가르쳐주겠다며 뒤에서 불쑥 껴안고 더듬기 전까지는 그랬다. 엄마는 울면서 돌아온 내게 아빠한테는 절대 말하지 말라고 했다. 더 몹쓸 일 겪지 않고 도망쳐나와 다행이라고 했지만 그것은 과연 다행이었을까.

나는 내가 성추행을 당했다는 사실을 주위 사람들에게 들킬까봐 두려웠다. 그래서 아무 일도 당한 적 없는 아이처럼 굴었다. 그날 학원에 입고 갔던 점퍼를 몰래 버리고, 그 집에서 끓이던 청국장 냄새를 지나가는 길에서라도 맡으면 구역질을 했지만 그 일에 대해서는 한마디도 꺼내지 않았다. 그가 나에게 무슨 짓을 했는지는 나이를 먹을수록 더 이해가 잘됐다. 그럴수록 나는 내 안에서 점점 나쁜 아이가 되어갔다.

직장에 다니면서 몇 번의 성추행을 더 경험했다. 자신을 아빠처럼 오빠처럼 대하라면서, 아빠이고 오빠라면 근친상간의 범주에 들어갈 짓을 다정과 격려로 포장하는 남자들이 권력을 잡은 나라에서 여자들은 성추행, 성희롱을 일상처럼 경험한다.

그러나 이 고백은 #METOO가 아니다. 나는 #METOO로 인해 이 고백을 시작하지 않았다. 한국성폭력상담소가 실시하는 '성폭력 생존자 말하기 대회'는 2003년에 시작되었다. 2017년에는 문단성폭력을 비롯하여 예술계의 권력형 성범죄에 대한 폭로가 SNS를 기반으로 쏟아졌다. 정부기관에서는 실태 조사를 위한 설문지를 작성하기도 하였다. 많은 예술단체들이 자체조사를 약속했고, 교육과 처벌을 다짐했다. 그 일이 불과 얼마 전인데, 마치 처음 있는 일인 것처럼 서지현 검사의 성추행 고백이 대대적으로 보도되던 즈음 나는 스스로 세상을 떠난 한 젊은이의 부고를 들었다. 숨겨진 문단성폭력 피해자였다. 미투 운동이 벌어지기 전 SNS를 통해 쏟아졌던 여러 가지 문단성폭력 사례들은 극히 일부만 처벌받고, 대부분은 법적 심리를 다퉈보지도 못했으며, 해석의 여지가 많은 어떤 판례 때문에 '꽃뱀'이나 '자기망상'으로 도리어 비난받은 증언 피해자들도 있다. 대부분의 권력형 범죄가 그러하듯 가해자들은 복원되고 피해자들은 다시 숨었다. 그런 상황에서 불거진 미투 운동에 대한 관심을 지켜보는 마음이 나는 매우 불안하다. 이제까지 국내에서 이루어진 많은 성폭력 사례와 고백과 증언에 대한 언급 없이 새로운 바람, 새로운 경향으로만 미투를 읽는 시선이 어쩐지 자신의 과오는 진작 알아서 용서해버린 가해자의 것과 닮았다고 느껴지는 것이다.

아픈 마음으로 힘들게 읽었던 책이 있다. 『용서의 나라』(토르디스 엘바·톰 스트레인저 지음, 권가비 옮김, 책세상, 2017)라는 책이다. '성폭력 생존자와 가해자가 함께 써내려간 기적의 대화'라는 부제를 달고 있는 이 책을 두고 용서, 라는 표현 때문에 분노하는 이들이 많았다. 나 또한 그런 이유로 선뜻 읽지 못했던 책이기도 하다. 그러나 막상 읽은 이 책은 용서하기에 대한 책이 아니라 용서받기에 대한 책이었다. 가해자가 피해자에게 제대로 용서를 구하는 일이 얼마나 중요한지, 무엇을 어떻게 용서받아야 하는지에 대한 이야기였다. 그리고 그 용서가 피해자를 어떻게 복원시키고, 회복시키는지의 과정을 아프게 지켜보면서, 나는 가해자조차 제대로 지목하지 못한 이 땅의 피해자들을 떠올렸다. 억울과 수모라는 밀로 스스로를 복원시킨 이들, 때로는 신의 이름으로 기꺼이 자신을 용서한 이들, 그리하여 다른 가해자를 조사, 처벌하겠다고 시치미떼고 나선 가해자까지 존재하는 이 나라에서 비로소 한번 더 관심받는 미투는 삭제되지 않고, 왜곡되지 않고, 살아남아 그들의 사과를 받을 수 있을까. ❋

시간을 소유하는 법

가스레인지를 바꾸었다. 결혼하면서 장만했던 것이니 십 년이 훌쩍 넘은 물건이다. 비용을 아끼느라 기능도 디자인도 따지지 않고 무조건 가격만 보고 골랐던 물건이다. 그래도 잔고장 한 번 없다가 얼마 전부터 화구 하나가 켜지지 않았다. 가스가 나오는 노즐이 막힌 듯했다. 수리할까 하다가 이내 마음을 바꾸었다. 가까운 서비스센터를 찾기가 어려울 것 같았다. 출장 서비스가 불가능하면 내가 일일이 들고 다녀야 하는데, 대중교통을 이용하는 뚜벅이 신세로는 무리한 일이다. 교통비도 나올 것이고, 수리하는 데에도 비용이 들 것이다, 하는 부정적인 이유만 계속 꼽았다. 실제로 그러한지는 확인하지 않았다. 비용이 든다 한들 새로 사는 것보다야 저렴하겠지만 사실 여부는 중요하지 않았다. 사실이 무엇이든 새로 사고 싶다는 마음의 진실을 이기기는 어려웠을 것이다. 마지막으로 나는 십 년 동안 열심히 닦지도 않았는데 군데군데 벗겨진 상판과 어떻게 해도 닦을 방법이 없어 바꾸지 않는 한 계속 붙이고 살아야 할 틈새의 이물질을 핑계로 새 가스레인지 구매를 결정했다.

새로 구입한 가스레인지는 신제품답게 새로운 기능이 있다. 바로 라면 끓이기 기능이다. 물론 가스레인지가 알아서 라면을 끓여줄 리는 없고 정확하게는 타이머 기능이다. 물이 끓으면 버저가 울리고, 버저가 울린 다음에 시간을 설정하면 정해진 시간 후에 자동으로 가스 노즐이 차단되어 불이 꺼지는 기능이다. 아쉽게도 원하는 시간을 마음대로 설정할 수 있는 건 아니다. 삼 분, 사 분, 오 분의 짧은 시간 중 선택해야 한다. 고작 라면 하나 끓일 정도의 시간인 셈이다. 그래서 이름도 그렇게 붙은 것이다.

라면을 끓이는 시간을 재주는 기능에는 별로 혹하지 않았다. 고작 삼 분에서 사 분이 뭐 얼마나 긴 시간이라고, 그 시간에 해봐야 뭘 얼마나 할 수 있다고 그 정도 시간이야 지키고서 있어도 되는 거 아닌가. 그러면서도 결국 그 제품을 구입했다. 물 올려놓고 깜빡 잊어버리는 바람에 주전자도 태워먹고, 냄비도 태워먹은 이력이 있던 터라 물이 끓으면 버저가 울린다는 점은 꽤 유혹적이었다. 딱 그 정도의 역할이면 충분하지 싶었다.

그래놓고도 이왕 있는 기능이니 테스트나 해보자 싶어서 설명서대로 라면을 끓여봤는데, 오호라, 이런 요물이 따로 없다. 냄비에 물을 담아 가스레인지에 올려놓고 불 켜고 할일 하다가 버저 울리면 면과 수프를 넣고, 시간을 설정한 후 다시 할일 하다가 버저가 울려 가보면 라면이 완성되어 있는 것이다. 별거 아니라고 생각했던 시간은 의외로 길었다. 고작 삼 분에서 오 분 사이에 청소기도 돌릴 수 있고, 빨래도 널 수 있고, 책도 몇 장은 거뜬히 읽을 수 있었다.

아는 사람은 알겠지만 라면을 맛있게 끓이는 가장 좋은 방법은 라면 봉투에 적힌 레시피를 그대로 따르는 것이다. 이 레시피 가운데 가장 중요한 것이 바로 시간이다. 이 시간이 맛을 좌우한다. 짧은 시간에 결정되는 맛일수록 더 민감하고 차이가 크다. 레시피가 시키는 대로 잘 익은 라면을 후루룩 먹어대면서 나는 이 제품을 고른 내 안목에 만족했다.

그런데 어느 날, 나는 이 뿌듯함의 치명적 오류를 발견했다. 그 깨달음은 남편이 끓여온 라면에 젓가락을 얹은 날 비롯됐다. 내가 일러준 대로 시간 설정해서 끓인 라면인데 내가 끓였던 것과 맛이 달랐다. 뭐가 문제인 거지 하고 살펴보니 사용한 냄비가 달랐다. 내가 사용한 건 양은인데, 남편이 사용한 건 내열도기였다. 불의 크기도 달랐다. 나는 불을 냄비 바닥보다 훨씬 작게 켰는데 남편은 냄비 바닥에 꽉 차도록 불을 키웠다. 시간의 자유를 얻은 것은 변함없으나 그 자유가 가져온 결과물이 달랐다. 그렇다고 남편이 끓인 라면이 맛없는 것도 아니었다. 내가 끓인 것과는 다른 맛이었으나 내가 좋아하는 맛이었다. 오히려 남편은 좋아하지 않는, 그러니까 푹 퍼진 맛이었다. 그제야 나는 그동안 내가 느꼈던 기쁨은 새로운 물건에 대한 신기함과 편안함이었음을 깨달았다. 생각이란 얼마나 제멋대로인 것인지. 시간을 가졌다는 생각에 본질이 달라진 것을 놓치다니 나는 좀 무안했다. 그리고 궁금해졌다. 시간을 다스려 최선을 얻었다고 생각했는데, 내가 얻은 최선이 사실은 최선이 아니었다면 그렇게 얻은 시간은 내 것인 걸까, 아닌 걸까. 시간이란 결코 잡을 수도 다스릴 수도 없는 것인가.

아니, 그렇지 않다. 곰곰 생각해본 결과 그렇더라도 여전히 시간은 내 것이 될 수 있다는 결론을 내렸다. 가스레인지의 짧은 시간예약 기능으로 내가 라면만 끓인 것은 아니었다. 알림 기능에 재미를 붙이고 쓰임을 늘려보니 짧은 시간에 조리해야 하는 음식이 의외로 다양했다. 만두 같은 반조리 식품은 물론이거니와 채소를 데쳐내는 일, 양배추처럼 가벼운 찜 요리는 대부분 긴 시간을 필요로 하지 않는다. 그리고 그 짧은 시간이 별거 아닌 것 같은데, 놓아두니 홀홀 가볍다. 삼십 분 낮잠이 때로는 더 달콤하듯 시간을 얻는다는 건 길고 짧음의 문제가 아니라 예측 불가의 문제는 아니었던가 생각이 들 정도다. 시간을 다스리는 자 세상을 얻는다고 했던가. 세상까지는 아니지만 뿌듯함은 얻은 느낌이었다. 평생을 지배할 수는 없어도 찰나를 가질 수는 있으니, 찰나의 기쁨, 찰나의 황홀, 찰나의 자유, 이런 단어들이 내 안에서 획획 지나갔다.

누구나 알고 있듯이 시간은 유한하다. 길이로 따지면 그러하다. 그러나 그 유한함 안에 무수히 많은 가닥을 품고 있는 듯싶다. 아인슈타인의 상대성이론에 대해 말할 때 종종 인용되는 비유가 있다. 사랑하는 이와 함께하는 한 시간과 미워하는 이와 함께하는 한 시간은 다르다는 말이다. 시간의 내밀함, 풍부함을 설명하는 가장 좋은 예시 아닌가. 그렇다면 시간은 소비하는 것이 아니라 선택하는 것일지도 모른다. 똑같은 삼 분이지만 라면맛을 원한다면 라면에 집중하면 되고, 삼 분간의 다른 자유를 원한다면 라면쯤 조금 덜 원하는 맛으로 먹으면 그만이다. 그래서 시간은 얼마나 소비하는가가 아니라 어떻게 소비하는가가 중요한 것 아닐까.

요즘 나는 예전처럼 가스레인지의 시간예약 기능을 자주 사용하지 않는다. 책을 읽거나 글을 쓰거나 아이 숙제를 챙겨야 할 때처럼 골몰해야 하는 시간이 필요할 때는 안전을 고려해서 사용하지만 그 외의 시간에는 그 알림에 큰 의미를 두지 않는다. 그릇과 불의 크기를 달리하면 그 알림이라는 게 물이 끓는 시간을 정확히 맞추지도 못한다는 걸 이제는 안다. 내용을 보지 못하는 사물에게 시간은 그저 단순히 흘러가는 사물일 뿐이다. 흐르는 시간을 그냥 흘리지 않고 무언가로 만드는 알림은 내 안에서 울려야 한다. 그때 비로소 시간은 내 것이 된다. 시간예약 알람이 있든 없든 누구에게나 똑같이 그러하다. ❋

3부

세번째 골목

✻

세상의 끝

산후조리를 친정에서 했다. 한 달을 계획했으나 조금 길어졌다. 아이는 태어난 지 열두 시간 만에 신생아 집중치료실에 있는 인큐베이터로 옮겨졌다. 하루 만에 만난 의사는 이런 원인불명의 질병으로 사망하는 신생아들이 가끔 있다고 했다. 그 말을 듣던 순간의 공포를 아직도 기억한다. 아이가 입원해 있는 동안 아이 걱정에 우느라고 내 몸은 챙길 여유가 없었다. 보름이 지나 아이를 데려오고 난 후에야 정신이 좀 들었다. 미역국에 밥을 말아먹고, 그러면서 틈틈이 엄마에게 갓난아기를 돌보는 법을 배웠다. 얼굴과 몸을 씻기는 법, 우유 먹이는 법 같은 것들을 배우며 한 달을 더 보내고 집으로 돌아오니 완연한 봄이었다.

아이와 나, 비로소 우리 둘만 남은 시간이었다. 씻기고 먹이고, 기저귀를 갈고 그리고 또 무얼 해야 할지 몰라 봄바람을 쐬어주기 시작했다. 그래봤자 베란다에 앉아서 맞는 바람이다. 햇빛 순한 봄이지만 바깥나들이는 신생아에게 아직 무리다 싶기도 하고, 태어나자마자 보름 가까이 병원에 있던 아이라 이래저래 조심스러웠다. 고작 베란다에 데리고 나가 있으면서도 얇은 담요로 몸을 감싸고, 직사광선이라도 닿을까 햇빛은 내 등으로 가로막았다. 층이 낮은 아파트라서 바람이 불면 귀기울이지 않아도 창밖에 나무들이 사락거리는 소리가 들렸다. 베란다에 놓아둔 화분의 꽃도 절정을 이루고 있어 바람은 때로 향기롭기까지 했다. 사락사락 부는 바람이, 풍성한 꽃향기가 아이에게 닿을 때마다 일러주었다. 이건 바람이야. 이건 꽃이야. 바람을 쐴 때 평화롭기 그지없던 아이의 표정이 기억난다. 그 순간의 평화가 내 아이가 두고두고 기억할 행복의 원체험이었으면 싶었다. 그러다 문득 갓난아이들 콧바람 들어가면 날마다 나가자고 보채다던데, 하는 걱정이 들면 얼른 덧붙인다. 여기가 네 세상의 끝이야. 밖으로 나가자고 보채지 말라는 어설픈 당부다.

끝이라고 말할 때면 기분이 묘했다. 한때 나는 집을 세상의 끝이라고 생각했던 적이 있다. 그때 내가 말했던 끝은 '막장'과 같은 의미였다. 나는 집을 싫어했다. 내 성장을 가로막는 족쇄 같기도 했고, 내 인생의 어두운 터널 같기도 했다. 집을 떠날 수 있기를, 집에서 벗어날 수 있기를 나는 바라고 또 바랐다. 가출을 꿈꿔보기도 했지만 그럴 배짱은 없고, 무단결석이나 일삼는 나태한 사춘기를 보냈다. 집에 대한 생각은 이십대에도 크게 변하지 않아서 결혼하지 않겠다, 결혼을 해도 아이는 낳지 않겠다, 가족공동체를 만드는 것에 대해 혐오와 반발심을 드러내곤 했다. 그래놓고도 지금처럼 별 반감 없이 결혼해서 아이까지 낳고 살게 된 것은 그 혐오에 뚜렷한 원인이 없어서였을 것이다. 이유가 없으니 분노도 오래가지 않았다. 어느 순간을 지나니 모든 게 무덤덤해졌다.

그런데 만약 치명적인 가난이라든가 폭력, 결핍처럼 뚜렷한 원인이 있었다면 어땠을까? 티브이 뉴스나 시사프로에서 비행청소년이나 가족 범죄 용의자를 볼 때마다 나는 그들의 집을 상상하게 된다. 그 집은 터널처럼 어둡고 암울할 것이다. 가난하든 부유하든 넓든 좁든 그들은 집에서 안식을 구하지 못했을 것이다. 집에서 구하지 못한 평안은 밖에서도 얻기 어려웠을 것이고, 당연히 분노는 집을 향해, 가족을 향해 뻗어갔을 것이다. 어쩌면 세상 모든 불화는 집이 세상의 끝, 막장이 되어버린 데에서 오는 것일지도 모른다. 집이 막장이 되어버린 사회는 불행하다. 그런 면에서 내 아이에게 집을 끝이라고 말해주는 건 위험한 일이 아닐까. 아니다, 끝도 끝 나름인 것이다.

끝에 대해 말할 때마다 떠오르는 친구가 있다. 서해로 떠났던 졸업여행. 더이상 갈 데 없는 곳을 보듯 수평선을 바라보는 내 옆에서 친구는 설렘을 감추지 못한 목소리로 말했다. 저 너머에 또다른 대륙이 있다는 것을 생각하면 가슴이 뛰어. 그 말을 듣는 순간 소름이 돋았다. 아하, 여기가 또다른 시작이 될 수도 있겠구나. 생각해보면 끝은 참으로 다중적인 의미다. 막장이 될 수도 있고, 쉼터가 기다리는 종착역이 될 수도 있고, 새로운 시작이 될 수도 있다. 어떤 의미에서 집은 세상의 끝이 되어야만 한다. 그곳에서 다시 시작할 수 있고, 막차에서 내리듯 충분히 쉴 수 있을 때 집은 집으로서 의미를 가질 것이다.

한 평도 되지 않는 좁은 베란다에서 여기가 네 세상의 끝이야, 라고 아이에게 말할 때 나는 단단한 디딤돌을 상상한다. 그 안전한 터를 밟고 내 아이가 세상을 향해 힘차게 발 굴렀으면 좋겠다. 바람 불면 날아갈세라 애지중지 키우고 혹 복권에라도 당첨되어 막대한 유산을 물려준다 한들 내 아이에게도 사는 일은 쉽지 않을 것이다. 그럴 때, 내 아이가 편안하게 쉴 수 있는 종착역으로 집을 기억할 수 있다면 부모로서 나는 참 행복할 것이다. ❄

바닥을 딛고 서는 힘

때늦은 무더위여도 가을은 가을이다. 봄에 씨앗을 뿌렸던 화분이 하나둘 비워지고 있다. 물론 그동안에도 이런저런 이유로 틈틈이 화분이 비기는 했다. 식물 자체의 문제라기보다는 식물을 가꾸는 솜씨가 여물지 못한 탓이 더 컸다. 돌보는 이의 모자란 솜씨에도 꿋꿋이 버티고 버텨 열매와 더불어 씨앗 몇 알 끝내 남겨주는 것들도 있다. 한 알 한 알 열매와 씨앗을 거두면서 한 해를 온전히 다 못 넘기는 식물들의 짧고 강렬한 인생에 마음이 절로 애틋해진다.

베란다에 화분을 두고 씨앗을 뿌려 뭔가를 심기 시작한 건 처음엔 아이를 위해서였다. 아이가 원하기도 했지만 씨앗을 뿌리고 가꾸고 열매를 맺는 과정을 보게 하는 일이 아이의 정서에도 나쁘지 않을 것 같았다. 식물을 가꾸는 일에는 문외한이라 주위들은 풍월로 기분 내키는 대로 씨앗도 뿌리고 모종도 심었다. 유명 블로그에 올라온 사진처럼 잘 가꿔진 베란다 정원이나 텃밭과는 거리가 먼, 베란다 정글에 가까운 모습이었지만 그동안 방울토마토, 고추, 청경채, 쌈배추, 강낭콩, 옥수수, 대파 따위의 채소와 해바라기, 봉숭아, 분꽃 따위의 꽃들이 우리집 베란다를 거쳐갔다. 물론 싹이 트다 만 것도 있고, 꽃이 피기도 전에 시든 것도 있고, 꽃을 피우다 말고 시든 것도 있고, 여름 한철 잘 피는가 싶다가 연일 쏟아지는 폭우의 기운 때문인지 까닭 모를 병에 걸린 것도 있다. 그렇다보니 끝까지 남아 있는 화분은 늘 한두 개 정도였다.

좌충우돌 삼 년을 넘기며 뭔가를 키워보니 식물의 이력에 대해 조금 알 것도 같다. 그 푸르고 여린 것들이 내게 전하는 어떤 잠언 같은 것들이 희미하게 들린다고나 할까. 씨앗이 싹을 틔우기 위해서는 발아열이라는 엄청난 내열을 견뎌야 한다는 건 이론으로 알았지만, 여리고 작은 새싹이 저보다 몇 배는 무거워 보이는 흙더미를 보따리 이듯 잎사귀 위에 얹고 쑤욱 올라오는 모습을 직접 보는 일은 경이로움 그 자체였다.

씨앗마다 떡잎의 모양이 다르고, 같은 씨앗도 떡잎과 본잎의 모양이 달랐다. 남서향 베란다라 오전에는 해가 들지 않는데, 어떻게 방위를 아는지 아침이면 잎들이 동쪽으로 죄 누워 있는 것도 신기했다. 열악한 환경을 어떻게든 제힘으로 넘어보려는 노력을 보면 감탄이 절로 나왔고, 꽃이 핀다고 모두 열매를 맺는 건 아니라는 사실을 깨닫고 나면 어떤 겸허함이 밀려왔다. 분꽃은 봉오리는 진즉 맺어놓고, 영 활짝 피지 않아 모자란 꽃 취급을 했는데, 알고 보니 밤에 피는 꽃이었다. 누가 뭐라 하든 제가 피어야 할 시간에 맞춰 부지런히 피고 지는 중이었던 것이다.

식물을 가꾸는 취미는 본디 아버지의 것이었다. 마당이 있는 집도 아니고, 인근에 텃밭을 가진 집도 아니었다. 저층이라 가능했지만 베란다 창틀에 철로 된 지지대를 세우고, 화분을 만들어 거기에 고추를 심었다. 후에 내가 해보니 고추처럼 성정이 까다로운 것도 없는데, 진디 한 번 생기는 일 없이 아버지가 심은 고추는 푸르고 성하게 자랐다. 밥때마다 창문을 열고 잘 익은 고추를 몇 개씩 따서 당신 찬으로도 삼고, 우리 밥 위에 올려주기도 하셨다. 맵싸하고 달큰한 고추였다.

고춧대를 거둬들인 건 나였다. 아버지가 갑자기 쓰러져서 병원에 누우신 지 두 달인가 석 달 지났을 무렵, 더이상 손볼 사람이 없어서였다. 몇 달 만에 들여다본 고춧대는 갈색으로 뻣뻣하게 굳은 것이 꼭 마른 나뭇가지 같았는데, 식물인간이 된 아버지의 몸과 똑같아서 죽죽 잡아당겨 뽑아내는 마음이 뭐라 표현할 수 없이 복잡했다.

그런데 이상하다. 아버지가 쓰러진 건 설을 쇠고 며칠 지나서였다. 고춧대가 푸르렀을 리 없다. 내가 기억하고 있는 그 푸른 줄기와 잎은 대체 어떤 환영이었을까. 여름 수확이 다 끝나면 뿌리 조금 위까지만 남기고 단정하게 싹둑 잘라놓으셨는데, 그날 내가 뽑은 고춧대는 왜 그리 키가 컸던 것일까.

사람의 삶이라는 게 제멋대로 움직이는 동물의 삶 같지만, 실은 한자리에 꽂혀 한자리에서 늙어가는 식물의 삶과도 크게 다르지 않다. 제 수명 다한 식물을 뽑아내다보면 흙 위에서 어떤 꽃을 피웠고 어떻게 시들었든 한결같이 넓고 깊은 흙을 움켜쥐고 있다. 바닥을 치고 딛는 힘이 강할수록 꽃도 열매도 실하다. 사는 게 어려울 때, 마음이 정체될 때, 옴짝달싹할 수 없게 이것이 내 삶의 바닥이다 싶을 때, 섣불리 솟구치지 않고 그 바닥까지도 기어이 내 것으로 움켜쥐는 힘, 낮고 낮은 삶 사는 우리에게 부디 그런 힘이 있었으면 좋겠다. ✽

인문학적 수학

아이 수학문제 풀이를 도와주다가 언성을 높이고 말았다. A와 B의 달리기 기록을 비교하여 누가 더 달리기를 잘하는지 대답하는 문제였는데, 평균값은 정확히 다 구해놓고, 그다음 질문에 답을 하지 못했다. 평균값이 누가 작니? A. 그럼 누가 달리기를 더 잘하는 거니? 그건 모르지. 이런 식의 대화가 계속 반복됐다. 내 목소리에 짜증이 묻어나기 시작하자 저도 볼멘소리로 문제가 이상한 거라고 투덜댄다.

평균값이 무슨 의미야. 각각 다른 지표를 가늠하는 기준을 만드는 거잖아. 평균이 높은 사람이 잘하는 거겠니, 평균이 낮은 사람이 잘하는 거겠니? 물었더니 어이없다는 표정이다. 하지만 A랑 B랑은 달리기 횟수가 다르단 말야. 얼굴이 벌게져서 대드는데 뭔가 느낌이 이상해서 다시 문제지를 봤다. A는 다섯

번을 달리고, B는 네 번을 달렸다.

아이의 주장은 간단했다. 두 사람에게 주어진 기회의 수가 다른데, 각자의 평균값을 구하고 평균속도의 차이를 물어볼 수는 있지만 그걸 두고 잘했다, 못했다를 평가할 수는 없다는 거다. A에게 주어졌던 다섯번째 기회가 B에게도 주어졌다면 결과가 또 어떻게 달라졌을지 알 수 없는데, 그걸 감안하지 않고 잘했다 못했다를 평가하는 건 부당한 것 아니냐고도 되물었다. 갑자기 말문이 막혔다. 내가 잠시 주춤하는 듯하자 아이는 자기 생각에 이건 틀린 질문이라고 단호하게 말했다. 반박할 말은 없는데, 아이하고 기 싸움에 밀리기는 싫어 한마디했다.

넌 무슨 수학을 인문학적으로 푸니.

아이를 내보내고 나는 혼란스럽다. 세상 모든 평균에 의심이 가기 시작한 것이다. 평균점수, 평균소득, 평균부채, 평균수명, 평균자산…… 어른들 흔히 하시는 중간만 가면 된다는 말씀이 평균을 벗어나지 않으면 안전하다는 뜻인 줄 알았다. 평균을 넘어서면 잘하는 것 같고, 평균에 못 미치면 불안했다. 평균지대 안에 있는데 불만이 생기면 그건 나의 욕심이거나 이기심이라고 생각했다. 그런데 내가 알고 있는 평균의 수치들은 과연 공정하게 계산된 값일까. 누군가에게 유리하게 계산된 평균을 기준으로 삼고 안달복달했던 건 아닐까, 나에게 유리하게 계산된 평균을 가지고 잘하니 못하니 다른 사람의 열심을 폄하했던 건 아닐까. 삶은 개별적인 것이라고 말하면서 삶에 대한 평가는 전체와 견주고 있었다는 자각에 새삼 씁쓸하다.

　최저임금제 개편으로 시끄럽다. 그간 최저임금이 기본 생계를 보장하지 못하니 생계 가능한 수준의 임금 기준을 마련한 건데 마치 최저임금이 곧 경제를 무너뜨릴 것처럼 사방에서 난리다. 인상된 최저임금 때문에 소규모 자영업자들은 망할 것이고, 물가도 오를 것이고, 고용 비용을 줄이기 위해 일자리는 더욱 줄어들 것이란다. 최저임금 인상에 따라 늘어나는 기업 비용을 수치로 보고 있으면 그들의 불안한 전망은 꽤 설득력 있게 보인다. 불안의 시범 사례라도 남기고 싶은 것처럼 강남 한복판에 있는 한 아파트에서는 경비원 전원을 해고했다고 한다. 그런 극단적인 경우는 아니더라도 적잖은 사업장에서 다양한 편법이 등장하고 있는 모양이다. 기업에서는 상여금의 퍼센트를 조정하고, 개인사업자들은 휴게시간을 늘리거나 식대 지급을 중단하는 식으로 용역직이나 아르바이트의 복지를 제한한다. 그렇다면 그런 편법으로 최저임금 인상에도 인건비는 초과되지 않는 방안을 마련했으니 물가는 인상하지 않아도 되는 거 아닌가. 그런데 그렇지도 않다. 이미 물가는 빠른 속도로 오르는 중이다. 안으로는 기존의 인건비 맞춘 비용을 유지하기 위한 편법을 쓰면서, 밖으로는 인상된 최저임금 기준에 따른 인건비 상승 비용을 적용하기 때문이다.

생각해보니 수를 인문학적으로 접근하면 안 된다는 내 말은 틀린 것 같다. 삶의 조건에 필요한 어떤 수는, 인간과 삶에 대한 고민이 필요할 것 같다. 가령 인건비는 단순히 비용이 아니라 삶을 지불하는 거라는, 서로 다른 기회 조건이 이룬 성취를 똑같은 잣대로 비교해서는 안 된다는, 그런 고민의 수. 그런 수가 실제로 존재한다면 경제학에서는 뭐라고 부를까. 왠지 기업가들은 마이너스의 수, 노동자들은 플러스의 수라고 부를 것만 같다. ✳

누가 우리의 가족인가

　고등학교에 입학하고도 한참을 더 단칸방에 살았다. 우리 식구는 여섯 명이나 되었다. 가족이, 식구가 좋을 리가 있겠는가. 한꺼번에 나란히 눕지도 못해 사남매 중 유난히 성장 속도가 빠른 내가 식구들의 발끝에 눕기 시작한 것이 초등학교 때부터였다. 앉아도 천장이 머리에 닿는, 사소한 물건 몇 가지로도 가득차는 다락에 겨우 누울 자리를 만들어 사용할 때까지 나는 그렇게 누군가의 발바닥을 보며 잤다. 그런데도 나는 식구들의 발 모양을 기억하지 못한다. 당연하다. 기억은 어느 정도 의지가 간섭하는 문제다. 그들의 발을 내가 왜 기억하고 싶겠는가!

　그런 상황이니 미술 숙제라도 해야 하면 난감했다. 손 빠르고 재주 많은 언니는 그런 걸 집에까지 가져오는 법이 없는데, 나는 매번 집에서 할 몫이 남았다. 그런데 우리가 살던 방에서는 미술 숙제를 한다는 게 불가능했다. 도화지 한 장 펼치고 팔레트 하나 옆에 놓으면 나머지 식구들은 벽에 가서 붙어 있어야 했다. 열망이 남달랐다면 고흐가 되었겠지만, 나는 숙제를 포기하는 쪽을 택했다. 비비고 살아야 정이 든다지만 정도껏이다. 과밀은 동물이든 사람이든 애정 대신 증오가 솟게 한다. 가족이라고 다를 것 없다. 자라는 동안 나는 가족이라면 지긋지긋했다.

그 집에 살던 어느 순간부터 나는 주로 다락방에서 생활했는데, 다락방 계단을 내려와보면 부자로 변신할 의지도 희망도 보이지 않는 아버지만 낡은 텔레비전을 보고 있었다. 그 옆에 꼬부려 앉은 엄마, 그 발끝에 엎드려 숙제하는 언니들 그리고 그 덩어리들에 묻혀 보이지도 않는 동생.

그 끔찍하게 가난한 방이, 그 방이 있던 골목이 지금도 꿈에 나온다. 답답하고 답답한데, 참 희한하지. 삶은 계란 한 알 꿀꺽 삼킨 듯 답답하게 목이 메는데, 아무래도 그게 그리움인 것 같다. 주책맞게 나는 가끔 그 시절이 그립다.

계란 이야기가 나왔으니 말인데, 그러니까 그즈음은 한편으로는 조금 웃기기도 했던 시절이다. 뜨겁게 삶은 계란 몇 알도 혼자는 마음놓고 먹을 수 없는 시절, 어쩌다 너무 아픈 아이가 있어서 과일통조림이라도 사오면 모두 잠든 시각에 이불 덮어 씌우고 몰래 먹이다 기어이 걸리는 시절. 그래서 뭐든 혼자서는 할 수 없었다. 콩 한 알도 여섯 쪽으로 나눠 먹어야 했고, 무릎 담요 한 장도 사방에 둘러앉아 나눠 덮었다.

심지어 엄마의 부업도 같이 했다. 엄마가 뜨개질을 하면 양 손에 실을 꿰어 풀거나 감고, 옷의 실밥을 뜯으면 뜯기 좋게 실 밥 돋아난 자리마다 표시를 했다. 최고의 부업은 올림픽을 앞 두고 우리집을 넘어 동네를 들썩이게 한 호돌이 배지 포장이다. 배지를 종이에 끼우고 다시 비닐봉투에 넣는 작업이었는데 한 개를 하면 10원인가 5원인가 했다. 몇 번 식구들의 도움을 받 았다가 그 효과적 능률에 고무된 엄마가 몇 박스로 물건을 떼 어 와서 한동안은 온 식구가 날마다 둘러앉아 배지를 끼우는 작업을 했다. 그렇게 해서 번 돈이 얼마인지 뭘 했는지 물론 나 는 모른다. 부자가 되지 않았던 것만은 확실하다. 단지 그 기간 동안 엄마가 간식만은 확실하게 쐈던 것 같다.

자식들의 성적표에 너그럽지도 않은 분이 한참 공부해야 할 나이의 아이들을 우르르 앉혀놓고 부업에 나선 풍경은 지금 생 각해도 어처구니없고, 처음에는 즐겁고 신기하던 단순 작업도 점점 지겹고 짜증나기 시작했지만 그래도 그 시간들은 그럭저 럭 유쾌했다. 가족이기 때문이었을까. 그랬을 것 같다. 가족은 지겹고 무겁지만, 그 하중으로 나를 지그시 눌러주는 어떤 안 온함도 있는 것이다. 가족이기 때문에 견딜 수 없는 많은 일들 이 가족이기 때문에 견뎌지기도 하는 것이다. 증오와 애정 사이의 연민과 이해의 공동 운명체, 가족이란 건 결국 그런 게 아닐까.

미워했든 사랑했든 어릴 적 나는 가족이 완전한 결합체라고 생각했다. 그러나 요즘은 조금 생각이 다르다. 결혼을 하고, 아이가 생기면서 그러니까 나 스스로 하나의 가족을 생성하면서 나는 아주 당연한 소규모 공동체라고 생각했던 가족이 사실은 매우 특이하고 불안정한 결합체의 단위라는 사실을 알게 되었다. 상투적인 문장 그대로 결혼이란 가족과 가족 간의 만남이었지만, 그렇게 만나서 모두가 가족이 되지는 않는다. 공유된 기억과 서사가 없는 가족도 가족일 수 있을까. 반문하다보면 공유한 기억과 서사의 함량이 가장 딸리는 건 나와 남편 그리고 우리 둘의 아이, 세 사람이다. 그러나 우리가 가족이 아닐 수는 없지 않은가, 하는 쳇바퀴 도는 질문에 봉착하고 만다.

흔히 가족은 혈연의 최소 단위라고 말한다. 식구는 함께 둘러앉아 밥을 먹는 데에서 비롯된 말이라고도 한다. 그런데 찬찬히 생각해보면 꼭 그렇지도 않다. 혈연의 기원이 되는 남과 여 즉 아버지와 어머니는 근친의 문제로 따져보면 철저한 타인이다. 그런 면에서 가족은 태어나면서부터 얻는 소산이 아니라 살면서 만드는 과정의 이름일지도 모른다 싶다. 각기 다른 서사를 가지고 살던 타인이 비로소 하나의 서사를 써내려가는 과정이 바로 가족의 생성일 것이다. 선천적 결합이 아니라 후천적으로 공유한 경험의 집합체. 그 집합체는 언제든지 해체될 수 있고, 언제든지 결합할 수 있다. 우리가 가족이라는 이름으로 그토록 반목하고 대립하면서도 끝끝내 하나의 마음을 확인하려 했던 것도 그 때문일지도 모른다. 누구나 가족이 될 수 있지만 아무나 가족이 될 수는 없다. 세상에 쉬운 일은 하나도 없다. 그래도 결정은 우리가 한다. 가족을 가족으로 존재케 하는 일도 마찬가지다. ✳

부모로서의 용기

1990년의 대학입학시험은 학력고사였다. 선지원이었고, 전기, 후기, 전문대 각각 따로 원서를 쓰고, 따로 시험을 봐야 했다. 전기대 입시는 지원한 대학교에서 있었다. 택시 운전을 하는 아버지가 택시로 교문까지 데려다주었다. 나는 도시락을 가져가지 않았다. 긴장을 하면 소화가 안 되니 먹을 것 같지도 않았다. 점심시간에 나를 받아줄지 거절할지 알 수 없는 교정에 앉아 같이 시험을 보는 친구가 나눠주는 초콜릿 한 조각을 점심 대신 먹었다. 예외 없이 입시한파가 몰아친 날이었을 텐데, 거짓말처럼 환하던 햇빛만 기억난다.

시험이 끝나고 터벅터벅 교문을 걸어나가는데, 익숙한 얼굴이 웃으면서 나를 불렀다. 아버지였다. 만나자는 약속도, 기다리겠다는 약속도 없었다. 그래도 우리는 그곳에서 우연처럼 만났다. 그 많은 수험생과 그 많은 학부모들과 그 넓은 대학 캠퍼스의 교문 앞에서 어긋나지도 않고 엇갈리지도 않고. 나중에 생각하니 신기했다. 휴대폰은커녕 호출기도 없던 시절이었다. 아버지는 그 앞에 언제부터 서 있던 것일까. 시험은 어려웠고, 고사장을 빠져나오는 내 미래는 비관으로 가득했지만 교문 앞에 서 있던 아버지를 본 순간, 그 모든 걱정이 사라졌다. 날마다 보는 아버지가 그보다 더 반가웠던 적이 있을까.

해마다 입시를 치르는 날이면 적잖은 학부모들이 교문 앞에서 떠나지 못하고 기도도 하고, 응원도 보낸다. 그리고 그 모습으로 예외 없이 비판을 받기도 한다. 그러니까 극성 맘들이 자식에 대한 지나친 기대로 보이는 과잉사랑이라는 것. 비판을 하는 사람들은 그곳을 떠나지 못하는 이들이 교문에 서서 기도하면 아들이 시험을 잘 볼 거라고 믿는 미신에 사로잡혀 있다고 생각하는 모양이다. 그런 사람도 없지는 않을 것이다. 이건 전쟁, 이라고 누구나 공감하는 입시현장에 아이 혼자 들여보내고 차마 발길이 떨어지지 않아 머뭇거리다보니 시험이 끝날 때까지 서성이게 된 마음 약한 부모도 있을 것이고. 신기한 건 그 하루 교문을 떠나지 못하고 발을 동동 구른 부모는 극성으로 비판받는데, 수능 백일 전부터 날마다 수험생 자녀의 통장으로 응원의 편지를 보낸 부모의 사연은 감동적인 부모의 사랑으로 회자되었다는 것이다. 그 두 종류의 사랑은 어떤 차이가 있는 걸까. 시간의 차이일까, 방법의 차이일까. 부모가 자식에게 주는 사랑은 어떻게 하는 것이 가장 적당하고 바람직할까. 아이를 기르면서 나는 그 균형점이 늘 헷갈린다. 품에 안으면 과잉이라 비판받고, 내버려두면 방치 혹은 학대로 비난받는다. 제일 어려운 건 아이가 실패했을 때, 그 실패를 껴안아주는 방법인 것 같다.

시험이 끝난 나를 마중나온 아버지에게 매운 냉면을 사달라고 했는데, 냉면을 파는 집은 족발집뿐이었다. 그마저도 차가운 물냉면만 팔았다. 그렇지만 우리는 그 집에서 족발도 먹고, 차가운 물냉면도 먹었다. 티브이에서는 그날 치른 시험 정답이 발표되는 중이었는데, 우리는 그 내용에는 관심을 두지 않았다. 대신 기억나지 않는 다른 이야기만 주고받았다.

나는 그 시험에서 실패했다. 후기대 입시는 혼자서 갔다. 내가 그러겠다고 했다. 실기시험을 보는 날은 폭설까지 내려서 찾아가는 일이 곤혹이었다. 지하철을 타고 버스로 갈아타야 했는데, 버스가 다니지 않았다. 겨우 잡은 택시는 언덕을 넘지 못해서 나는 중간에서 내려 삼십 분을 넘게 걸어 종이 울리기 직전에야 겨우 입실할 수 있었다. 그래도 괜찮았다. 거기서부터는 내 몫이고 내가 혼자 가야 하는 길이라고 생각했다. 눈길을 걱정했지만 아버지도 내 결정을 말리지 않았다.

부모가 되고 보니 모든 부모의 사랑을 굳이 재단해서 구분하고 싶지 않다. 어떤 사랑이 옳고 어떤 사랑이 그르든, 어떤 사랑 아래 있든, 결국은 저 홀로 살아간다. 혼자 알아서 하라고 내버려둔다고 강해지는 것도 아니고, 이것저것 다 챙겨준다고 응석받이가 되는 것도 아니다. 그렇지만 어떤 사랑이든 부모가 자식에게 줄 수 있는 마지막 사랑은 홀로 나선 길을 바라보는 용기가 아닐까 싶다. 지금 그 길 앞에 서 있는 아이들과 부모 모두에게 그 용기가 함께했으면 좋겠다. ❋

반짝반짝 빛나는

내가 다니던 대학은 경기도에 있었다. 서울 남부터미널에서 직행버스를 타고 통학했다. 학교에 가기 싫으면 터미널 근처 예술의전당으로 갔다. 지금은 한가람디자인미술관 전시실로 바뀐 일층 자료열람실에서 하루종일 커피도 마시고, 책도 읽고, 글도 썼다. 누군가와 공유해 뭔가를 만들 수 있는 무대라는 공간에 참 간절히 끼어들고 싶던 시절이었다. 그런 내게 예술의전당은 보물섬이었다. 가난한 대학생이던 나는 극장에 자주 가지 못했다. 극장에 가서 무대를 보는 대신 그곳에 앉아 희곡을 읽고 팸플릿을 들여다보았다. 거기에는 다른 곳에서 찾기 힘든 희곡도 많았고, 연극 관련 팸플릿은 정말 많았다.

팸플릿과 포스터를 들여다보고 있으면, 본 적도 없는 무대와 배우들의 연기가 저절로 떠올랐다. 실제 그들이 어떤 마음으로 그 무대에 섰을지는 알 수 없으나 내 상상 속에서 그들은 누구보다 뜨거웠고, 그 뜨거움을 상상하다보면 내 마음도 늘 충만했다.

어떤 날은 용돈이 떨어졌는데 학교에 갈 차비를 달라고 말하는 일이 자존심 상해 학교 대신 예술의전당에 가기도 했다. 자판기 커피 한 잔 살 돈과 지하철 요금만 든 주머니로 앉아 있었지만 그곳에 있으면 마음이 놓였다. 뭐가 되지 않아도, 뭐가 될지 알 수 없어도, 무언가를 향해 끝없이 달린다는 사실만으로도 설레고 기쁘고 또 행복했다.

가끔 A를 생각했다. 고등학교 1학년 때 같은 반이던 A는 2학년에 올라가자마자 무용을 배우겠다고 했다. 어릴 적부터 자신의 꿈이 무용수였다는 것이다. 꿈은 줄곧 그랬을지 몰라도 무용은 한 번도 배우지 않았던 친구였다. 우리가 다니는 학교는 인문계 고등학교였다. 3학년에 한해 예체능대 진학반이 있었지만, 예고 진학에 실패했거나 관련 공부를 지속적으로 하며 공부냐 예술이냐를 놓고 저울질하다 늦게 진로를 택한 친구들이 속한 반이었다. A처럼 배워본 적도 없는 꿈에 도전한 친구는 없었다. A의 선언을 그저 치기로, 과한 농담으로 여겼던 건 우리의 잘못이 아니었다. 진지하게 받아들이는 게 오히려 이상한 상황이었다. 기억이 정확하다면 A는 아빠가 없었다. 시장에서 장사하는 엄마와 여동생과 살았다. 사는 형편은 나쁘지 않았던 것 같지만 예능 교육에 투자할 정도는 아니었다. 우리도 웃었으니 A의 엄마는 당연히 못 들은 척했다.

그런데 A는 정말로 무용을 시작했다. 강습비가 가장 저렴한 무용교습소를 찾았고, 강습비를 내기 위해 신문 배달을 시작했다. 잠이 많은 A는 1학년 내내 지각을 했다. 그런 A가 새벽 다섯시에 일어나 신문을 돌린다고 했다. 무섭지 않으냐고 물었더니 무섭다고 했다. 새벽빛이 다 밝지 않은 골목에 불쑥 남자의 그림자라도 나타나면 일단 죽어라 반대 방향으로 달린다고 했다. 그러면서 A는 그 어느 때도 본 적 없는 행복하고 환한 웃음을 지었다. A는 결국 무용과에 갔을까. 모르겠다. 학력고사가 끝난 이후 A를 만나지 못했다. 그뒤의 삶이 어떠했든 나는 그날의 A가 누구보다 행복했을 거라고 믿는다. 자기 자신을 위해 열정을 다하는, 반짝반짝 빛나는 순간을 만나는 행운이 누구에게나 주어지는 건 아니기 때문이다. ✽

엄마의 자전거

아이가 어릴 때는 어린이날에 종종 집 앞 한강둔치에 갔다. 그때만 해도 강북에 있는 대부분의 한강둔치는 공원이라기보다는 길이었다. 자전거가 다니는 길과 사람이 다니는 산책로가 딱히 구분되어 있지 않은 구간도 더러 있었다. 그래서 아무리 휴일에도 사람이 많지 않았다. 아이는 자전거 도로 옆 공터에서 세발자전거를 타고 오후 내내 시간을 보냈다. 늘 바쁜 남편이지만 그래도 어린이날을 사이에 두고 이어지는 연휴기간 동안 잠깐의 시간이 생기기는 했는데, 그 시간은 어버이날 행사에 쓰였다. 나는 더러 그게 심통이 나기도 했다. 번번이 아이가 소외되는 것이 싫었던 것이다. 늙은 부모님 사셔야 얼마나 사시겠느냐 당연히 찾아뵈면서도 한편으로는 아이는 뭐 평생 어린이인가 싶기도 했다.

그런데 지난해 아이의 어린이 시절이 끝나는 시기와 거의 동시에 양가 어머니들이 차례로 세상을 떠났다. 5월이 되자 아무런 의무도 없는 텅 빈 연휴가 찾아왔다. 할일도 하고 싶은 일도 없었다. 마음도 같이 텅 비어버린 기분이었다. 그래서 나는 또 아이와 한강에 갔다. 이번에는 함께 자전거를 타려고 따릉이앱을 깔아 회원 등록도 마쳤는데, 뭐가 문제였는지 계속 통신오류라는 메시지만 떴다. 할 수 없이 우리는 조금 걷기로 했다.

오랜만에 찾은 강북 둔치는 많이 달라져 있었다. 자전거 도로와 산책로가 명확히 구분되어 있었고, 사이의 공터들도 제법 잘 단장해놓았다. 한강에 예술공원을 조성한다더니 이런 거였나 싶게 군데군데 여러 조형물이 서 있었다. 어떤 것은 근사하고 어떤 것은 좀 기괴했다. 특히 한강을 향해 무리지어 걸어들어가는 자세로 서 있는 선홍빛 펭귄 무리 조형은 아무리 봐도 스산하고 서늘했다. 그래도 길을 강 가까이까지 이어놓고 물만 깨끗하다면 발을 담가도 좋게 난간이 달린 계단을 설치해놓은 건 좋았다. 그곳에 앉아 있는데, 자전거를 타고 그 길을 달리는 노인들에게로 자꾸 시선이 닿았다.

엄마가 자전거를 배운 게 언제였는지 모르겠다. 혼자 배우셨다는 것만 안다. 언니 집 근처 한강에 산책 갔다가 자전거를 배우는 노인들이 모여 있어 기웃거렸더니 다른 동네 사람은 안 된다고 배척하더라며 오기가 나서 그 옆에서 혼자 배웠다고 했다. 그래봐야 페달 밟아 일이 미터 가는 정도이겠거니 했다. 그게 아버지가 식물인간으로 누워 있던 시절인지, 그전인지 아니면 그후인지 모르겠다. 식물인간이 된 남편을 집에서 간병하던 시절, 딸들은 출근하고, 혼자 산 것도 죽은 것도 아닌 남편을 돌보고 있다 마음이 답답할 때 한 번씩 자전거를 타러 갔는지, 그 시절이 비로소 끝난 후에 혼자 길을 달렸는지 기억이 나지 않는다. 어쨌거나 어느 날은 혼자 옥수동에서 성산대교 아래까지 갔다고 했다. 그건 지금도 우리 남매의 미스터리인데, 아무리 생각해도 육십 노인이 가기에 너무 아득하고 먼 거리였던 것이다. 엄마가 기분 나쁠까봐 차마 묻지는 못하고, '성산대교까지 가려고 했던 것이다' '한남대교를 성산대교로 잘못 알고 계셨던 거다' '아니다, 정말 성산대교까지 갔다'로 의견이 갈렸는데 이제는 물을 수도 없다.

그 말을 처음 들었을 때 나는 조금 슬펐다. 어쩌면 엄마가 당신도 모르게 거기까지 밟아버렸는지도 모른다는 생각이 들었던 것이다. 힘들어서 더는 못 가겠더라, 하신 말씀 때문이었다. 더 멀리, 아주 멀리 가버리고 싶으셨을 시절이었다. 그렇게 가셨대도 누구도 뭐라 할 수 없는 시절이었다. 결국에 혹은 어쩔 수 없이 되돌아왔던 길을 생각하면 지금도 마음이 아프다. 나는 자전거를 탈 줄 알지만 여의도에서 반포 정도까지의 거리밖에 타지 못했다. 언제고 옥수동에서 성산대교까지 자전거를 타볼 생각이다.

나는 한 번도 엄마를 사랑하지 않았다. 그래서 엄마가 떠난 후부터 지금까지도 엄마를 어떻게 애도해야 하는지 모르고 있다. 혹 그 길을 따라가보면 이해할 수 있게 되지 않을까. 나도 모르게 달려가고야 마는 어떤 길의 끝과 다시 되돌아오게 되는 어떤 삶의 인력을, 그 인력 안에 놓인 비애 혹은 소소한 기쁨을 말이다. 달려봐야 알겠지만 그 길에 아무것도 없지는 않을 것 같다. ✳

같은 세상 다른 언어

얼마 전 알게 된 인터넷 동호회가 있다. 기계공학 관련 부품을 조립하는 법에 대해 정보를 공유하는 모임이다. 부품을 조립하고 완성한 모습을 보여주기도 하고, 제작 과정에서 생기는 문제에 대해 서로 질문도 하고 의견도 공유한다. 이용자들 대부분이 초등학생이거나 중학생이었는데 이제까지 내가 본 어떤 인터넷 동호회보다도 예의바르게 운영되고 있었다. 질문에 대한 답은 자세하고 성의가 있었으며, 누군가 완성해서 올린 조립품에는 진심 어린 격려의 글이 붙었다. 악플은 그림자도 비치지 않았다. 이 정도면 자녀들이 스마트폰을 이용해 인터넷 환경에 노출되었다고 해서 걱정할 이유가 전혀 없을 것 같았다.

자녀에게 스마트폰을 사줄 때 대부분 부모들의 첫 고민은 이 스마트한 기기의 한계를 어디까지 정해놓아야 하는가일 것이다. 인터넷이나 게임 혹은 채팅방은 어른들의 세계에서는 적절한 소통 수단이며 정보 공유의 장이지만, 미성년자들에게는 어쩐지 각종 유혹과 위험, 일탈의 시작인 것만 같은 불안함이 드는 것이다. 빌 게이츠도 자신의 자녀가 십사 세가 된 이후에야 스마트폰을 사용하게 했다는 기사는 그런 믿음에 대한 증거처럼 부모들에게 공유된다. 스마트 기기를 사용하는 것이 편리하지만 그보다는 스마트 기기를 멀리하고 독서를 하는 것이 스스로 생각하는 힘을 길러주기 때문이라는 내용의 인터뷰도 보았다. 그렇다면 스마트 기기로 하는 독서에 대해서 빌 게이츠는 어떻게 생각할까. 독서는 반드시 종이를 만지는 아날로그적 행위가 뒤따라야 가치가 있다고 대답할 것 같지는 않다.

청소년들의 스마트폰 사용에 대한 입장은 대략 두 가지로 나뉘는 것 같다. 다수의 의견은 물론 규제를 기반으로 한 사용이다. 필요악쯤으로 여기는 태도다. 소수지만 다른 의견도 있다. 지금 청소년 세대에게 스마트폰은 더이상 선택적 소유물이 아니라 환경 그 자체라는 것이다. 청소년 세대가 살아가고 있는, 앞으로 살아가야 하는 환경의 첨단을 가늠해서 주어진 환경을 주도하게 만들어야지 기성세대가 살아온 환경적 판단에 의해 가치 판단을 할 수는 없다는 의견이다. 전자가 두려움이라면 후자는 신뢰다. 전자의 두려움이 스마트폰 보급률에 따른 여러 청소년 사회문제의 실제적 경험적 데이터를 기반으로 한다면 후자의 두려움은 어떤 면에서 막연한 긍정이고 낙관이다. 앞서 내가 본 것은 긍정적 사례이지만 동시에 지극히 예외적이고 드문 경우일지도 모른다. 게임과 동영상, 채팅에 빠진 자녀들의 위험 사례가 훨씬 다양하고 빈번하며 찾기 쉬울 것이다.

최근 청소년들이 푹 빠져 있는 건 유튜브 같다. 좋아하는 아이돌 그룹의 동영상이나 게임을 찾아보기만 하는 줄 알았는데, 스스로 동영상을 찍고 편집해서 올리는 자칭 '유튜버'인 아이들이 생각보다 많았다. 인기 게임을 잘하는 법을 알려주거나 미니어처를 만드는 법을 소개한다. 연령대도 다양하다. 초등학생도 적지 않다. 앞서 내가 찾은 인터넷 동호회 회원들도 적지 않은 회원이 과학 창작물 관련 채널을 운영하고 있었다. 불법적이고 저속한 혹은 쓸모없는 콘텐츠를 소비하게 될까봐 규제 운운의 잔소리를 했는데 소비를 넘어 자신들의 창작 콘텐츠를 만들어가는 아이들이 있다는 걸 알게 된 건 놀라운 발견이었다. 아이들은 내가 상상할 수 있는 세계 바깥에서 자기들의 세계를 만들고 있었다.

그것은 가상현실인 동시에 실제 현실이기도 하다. 우리가 두려운 건 아이들이 경험할 악플이나 중독이 아니라 우리가 모르는 세계에 우리가 모르는 형태로 아이들이 존재하는 것인지도 모르겠다. 중독에 의해 실제 현실을 망각하는 경우가 있지만 그것은 특정 세대의 문제만은 아닐 것이다. 그런 이유로 우리가 그 세계에 대해 간섭을 시도한다면 그것은 다음 세대를 통제하고 싶은 지나갈 세대의 욕망은 아닐까.

지금의 청소년 세대에게 있어 현실 혹은 시공간의 개념은 기성세대와는 조금 다르다는 생각이 든다. 최근의 화두인 4차 산업혁명은 아마도 우리는 모르고 그들은 아는 그런 시공간 위에서 일어나게 될 일인지도 모르겠다. 그렇더라도 우리가 전혀 다른 세상에서 살게 되지는 않을 테니 서로 간에 언어는 조금 통했으면 좋겠다. ✳

4등이어도 괜찮아

거의 이십 년 만에 수영장에 다니기 시작했다. 초중급반의 정원이 이미 차 있고, 이십 년 전에 영법을 거의 다 배웠다는 이유로 나는 중상급반에 배정되었다. 하지만 아무래도 내게는 너무 무리다. 영법이 서투른 것은 물론이고 도저히 다른 회원들의 속도를 따라갈 수가 없다. 대열의 맨 뒤에 서도 한 바퀴 돌고 나면 먼저 한 바퀴 돌고 온 앞 사람과 다시 부딪힌다. 체력이 딸려서 멈추고, 대열의 흐름을 방해할까봐 또 멈춰서 비키고, 이렇게 눈치만 보다가는 끝내 뭐 하나 제대로 할 수 없을 것 같아 이를 악물고 해보는데, 그래봤자 이내 누군가와 부딪힌다. 영법이고 자세고 일단 빨리만 가보자 애는 쓰는데, 몸이라는 게 마음 따라 움직여지는 건 아니지 않나.

물속에서 악을 쓰다보면 가끔 의아해진다. 올림픽에 나가려는 것도 아닌데 왜 우리는 이렇게 악착같이 속도를 내어서 수영을 하는 걸까. 이유는 하나다. 다른 사람들에게 방해가 되지 않기 위해서다. 내가 수영을 하는 이유나 수영을 하며 느끼고 싶었던 즐거움은 아무런 의미가 없다. '취미'로 하는 수영조차도 그러하다. 방해가 되지 않으려 기를 쓰는 동안 내가 취해야 할 바른 자세가 무너져 입으로 코로 넘어오는 물을 삼키고 감내하면서 나는 종종 서럽다. 평균의 속도를 맞추지 못하는 건 어떤 이유로도 용서받지 못하는 사회에 살고 있다는 생각이 드는 것이다.

제일 서러운 건 그래도 노력하고 있다는 걸 아무도 알아주지 않을 거라는 생각이 들 때다. 처음 수영을 배울 때, 하면 된다고, 파이팅을 외쳐주던 회원들은 더이상 내게 그런 말을 하지 않는다. 하고 또 하면 못 할 일 없다는 믿음이 팽배한 사회에서 끝내 못하는 사람은 노력하지 않은 사람이 되고 만다. 나는 노력하지만, 결과가 없는 노력은 인정받지 못한다. 학교 다닐 때 뼈저리게 느꼈던 사실을 삶의 기운을 북돋우자고 시작한 수영에서 다시 느끼는 기분도 씁쓸하다. 화가 나서 일어나면 건너편 레인에서 선생님에게 혼나지 않으려고, 지적받지 않으려고 악착같이 물살을 가르는 내 아이의 모습이 보인다. 그렇게 잔뜩 긴장해서 수영을 하면서도 아이는 즐겁다니 '혼나도 돼', '지적 받아도 돼', '너무 힘들면 멈춰도 돼', 수영이 끝나고 돌아오는 길에 아이에게 건네는 말은 사실 나 자신에게 하는 말이다.

　단 하루 수영을 즐겁게 했던 날이 있다. 달의 마지막날 주어지는 자유수영 시간이었는데, 그날은 수영장에 온 회원 수도 많지 않았고, 정해진 규칙도 순서도 없었다. 자기 속도대로 자기가 할 수 있는 만큼만 해도 되는 날이었는데, 긴 레인을 멈추지 않고 두 번쯤 돌고 일어났더니 평소 내 부진을 보고 안타까움을 감추지 못하던 이가 말했다. "정말 느린데, 정말 잘하시네요." 물론이다. 맞춰야 할 평균의 속도가 없는 곳이라 나는 그 어느 때보다도 편안하고 여유롭게 물살을 가를 수 있었다. 하마터면 얼굴만 겨우 아는 상대방을 붙잡고 사람에게는 누군가 자기만의 속도가 있고, 그 속도에 맞춰 살 수 있을 때, 가장 아름답다고 생각한다는 인생지론을 늘어놓을 뻔했다.

　내가 수영에 적잖게 스트레스를 받으니 누군가 영화 〈4등〉을 추천해주었다. 수영을 좋아하고 재능도 있는데, 대회에만 나가면 늘 4등밖에 못하는 아이가 주인공인 영화라고 했다. 위로받고자 보았는데, 막상 내용은 예상과 조금 달랐다. 수영에 대한 재능이 있고, 타고난 재주가 있고 그만큼 성취도 했으나 성취의 의미를 찾지 못하고 무력해진 한때의 수영 챔피언과 재능이 있고 좋아하지만 늘 4등밖에 못하는 아이가 만나서 겪게 되는 일종의 성장담이다. 누군가에 의해서가 아니라 스스로가 원해서 할 때 모든 경쟁은 의미가 있다는 것이 영화의 교훈이라면 교훈

일 텐데, 결말이 마음에 들지 않았다. 주인공이 결국 1등을 하고 만 것이다. 나는 영화 속 주인공이 끝내 1등을 하지 않기를 바랐다. 하고 또 한다고 해서, 언젠가는, 결국, 모든 것을 성취할 수는 없는 법이다. 중요한 것은 언제나 그 과정 아닌가. 1등 안 해도 돼! 나는 화면에 대고 소리를 쳤다. 그런데 그 이야기를 바로 옆 레인에서 물살을 가르고 있는 내 아이에게도 해줄 수 있을까. 너에게는 너만의 속도가 있으니, 그 속도에 맞춰 살라고, 조금 져도, 늘 져도 괜찮다고, 과연 말해줄 수 있을까. ✳

기록은 사라져도 기억은 남지

아이와 영화 〈서치〉를 보기로 한 날, 낡아 고장난 휴대폰을 먼저 바꾸기로 했다가 기기 변경중에 휴대폰에 들어 있는 데이터를 잃어버렸다. 즉흥적인 결정이라 백업을 미처 하지 못해서 변경할 기기만 골라두고 다음날 다시 올까 잠깐 망설였으나 아무 문제 없이 데이터를 모두 옮길 수 있다는 호언장담에 넘어갔다. 그렇게 해서 사라진 데이터는, 모든 사라진 것들이 그렇듯 그중 가장 중요한 데이터이다. 물론 나는 그게 얼마나 중요한 데이터인가를 사라지고 난 뒤에야 깨달았다. 영화도 보지 못하고 그날은 저녁 내내 앓았다.

영화를 본 건 이틀이 지나서였다. 데이터 복구 센터에 맡긴 저장장치마저 복구 불가라는 소식을 듣던 날, 오기로라도 그 영화를 보아야 할 것 같았다. 〈서치〉가 인터넷에 대한 이야기라고 했던가. 실종된 딸을 데이터로 찾는 줄거리라던가. 내가 잃어버린 건 딸이 아니라 데이터였지만, 어째 내 심정에 맞장구라도 쳐줄 것 같아서 아이와 다시 극장으로 향했다. 마침 아이도 SNS에 부쩍 관심을 가지기 시작한 나이라 꼭 같이 봐야 할 것 같았다. (이후의 글에는 약간의 스포일러가 있다.)

〈서치〉는 알려진 간략한 줄거리로만 언급하면 아내를 잃고 혼자 딸을 키우는 아버지가 인터넷 검색을 통해 실종된 딸을 찾는 이야기다. 딸이 실종된 후에야 자신의 딸에 대해 아무것도 모르고 있다는 사실을 깨달은 아버지가 일차적으로 검색한 데이터는 딸의 수많은 SNS 계정들이다. 그 계정들을 통해 비로소 딸의 현실과 직면한 아버지가 비통해할 때, 나는 아이에게 닿을 길 없는 부모의 심정에 빙의 수준으로 공감을 했다. 그 안타까움이라니 눈물과 콧물을 멈출 수가 없는데, 바로 옆에 앉아 영화를 보던, 인터넷과 SNS의 세계에 최근에야 발을 들여놓은 아이는 당황하기 시작했다. "세상에, 인터넷 계정들이 그리 허술하게 털릴 수가 있다니!" 그리하여 영화의 감동에 기대, 내가 너를 감시하는 데 쓰지는 않을 터이니 만일을 대비해 네 계정의 비밀번호와 친구들의 연락처를 알려달라는 이야기는 차마 하지도 못했다. 아니다, 실은 했다. 아이는 못 들은 척했고, 나는 어쩐지 며느리에게 현관 비밀번호를 물어본 시어머니가 된 기분이라 스스로 무안해서 다 농담이었던 것처럼 허풍을 떨었다.

아이가 처음 SNS를 시작했을 때, 아이의 휴대폰을 엿본 적이 있다. 아이에게 쉽게 들켰다. 기기 작동법이 익숙하지 않아 훔쳐본 내용도 없는데 검색 기록만 남았다. 기분 나빠 하는 아이 앞에서 억울하기도 하고, 부끄럽기도 한 마음으로 변명과 사과를 거듭한 이후로는 하지 않는다. 생각해보니 그렇게 해서 들여다보는 게 오히려 아이를 지레짐작하는 결과를 가져올 것 같았다. 오해만 쌓일 게 뻔했다. 대신 자신의 계정은 안 보여주면서 엄마의 계정 속 내용은 궁금해하는 아이에게 지금은 쓰지 않는 오래된 나의 SNS 계정을 볼 수 있게 해주었다. 육아일기처럼 쓰던 것들이니 내 것이되 아이 자신이 기억 못하는 아이의 일기이기도 하다. 내가 보일 수 있는 만큼을 보여주고, 아이가 보여주고 싶은 만큼만 보자는 생각을 했다. 내가 보이는 진심이 많을수록 아이도 나와 공유하는 진심이 많아질 거라는 기대도 물론 있다.

영화를 보고 나서 나 같은 유혹에 시달린 부모들이 적지 않았다고 한다. 대부분의 자녀들은 부모가 자신의 세계를 쉽게 엿보았다는 사실만으로 영화 자체가 악몽이었다는 평도 있다. 영화가 말한 데이터는 그러나 내면의 세계가 아니다. 그러니 세계를 공유한다고 해서 우리가 서로를 이해할 수 있을까. 영화는 줄곧 인터넷을 검색하여 모든 사건의 실마리를 풀고 해결하지만, 그러나 영화의 중요한 갈등을 풀어준 건 온라인 속 정보가 아니라 동생이 전해준 한마디의 말이었다. 그리고 그 말은 딸이 삼촌인 주인공의 동생에게 직접 전한 실재하는 말이기도 했다. 영화는 인터넷에 갇힌 세상을 그리지만, 그러나 진심은, 진실은 그 바깥에 있다는 메시지를 준다. 고루한 진실이지만 그 진실을 믿는다. 휴대폰의 데이터는 복구할 수 없지만, 그날의 기억이 내 안에 여전히 있는 것처럼 말이다. ✳

무엇이든 물어봐

책을 읽다 말고 아이가 물었다. "엄마, '충격'이 뭐야?" "많이 놀란 거." "'절망'은 뭐야?" "크게 실망하는 마음." 신문 헤드라인을 읽다가 또 묻는다. "엄마, '학교폭력'이 뭐야?" "학교에서 친구들이 서로 아프게 하는 거. 몸을 아프게 하거나 마음을 아프게 하는 일." 그리고 덧붙인다. "친구들끼리 아프게 하는 건 좋지 않은 일이니까, 어떻게 하면 그런 일이 없어질까 어른들이 의논하는 내용이 신문에 실린 거야." 아이가 일곱 살 무렵의 일이다.

일곱 살은 질문이 우주적으로 폭발하는 시기다. 나는 하루 종일 아이의 질문에 시달렸다. 인내심과는 거리가 먼 삶을 살았지만, 아이의 질문에만은 어떤 순간에도 꼬박꼬박 대답해주려고 노력했다. 그건 아무래도 내 경험에서 비롯된 결심인데, 내 아버지가 그런 분이었다. 한 번도 "크면 알게 돼" "아직 몰라도 돼" 하고 말씀하신 적 없고, "어른들 말하는 데 끼어들지 마" "변명하지 마" 하고 말씀하신 적 없다. 어쩌다 어른들 대화를 주워듣고 토를 다는 일이 있을 때에도 떼를 쓰는 것 같으면 꾸중을 들었지만, 내가 나름의 논리를 가지고 의견을 말하는 상황이라면 충분히 들어주셨다. 그때의 뿌듯한 기분이 뭔지 어릴 때는 몰랐는데, 자라서 생각해보니 자존감이었다.

그래서 나도 엄마가 된 후 다른 건 몰라도 아이의 "왜"라는 질문에는 끝까지 대답하기로 했다. 그리고 자부하건대, 세상 어떤 부모보다도 그 분야만큼은 잘해온 것 같다.

쉬운 일은 아니다. 처음에는 아이의 질문에 어떻게 대답해야 할지 난감한 순간이 있는데, 연습하다보면 세상 어떤 일도 아이가 이해하고 납득할 만한 수준으로 설명하지 못할 일이 없다는 것도 알게 된다. 물론 내가 모르는 내용을 질문할 때도 있다. 그럴 때는 모른다고 대답하는 대신 함께 답을 찾아보자고 말한다. 그렇게 한 후에 관련 도서를 구입하기도 하고, 인터넷으로 함께 검색을 시도하기도 한다. 얼마 전에는 '코스피'가 뭔지 묻기에 설명해주었다. 그걸 아이가 알아야 할 까닭도 없지만 아이가 절대 몰라야 할 이유도 없지 않은가.

또하나. 나는 아이의 상상력을 키워준답시고 은유나 상징을 써서 대답하지 않는다. 내리는 눈을 보며 하늘에서 선녀님이 꽃가루를 뿌린다고 설명하지도 않고, 여름 날씨가 더워서 매미가 우는 거라고 설명하지도 않는다. 모든 현상을 있는 그대로 정확하게 이야기해준다. 그런데 놀라운 건 그런 정확한 설명이 어설픈 은유나 상징보다 더욱 신비롭고 신기하게 아이의 마음에 새겨진다는 점이다. 지구가 돈다는, 우리에게는 너무나 당연한 사실도 아이에게는 매우 충격적이고 놀라운 발견이다. 멀쩡한 사물을 비트는 동심은 어른을 위한 창조이지 사물의 원형을 모르는 아이들에게는 큰 의미가 없다.

드물지만 "아직 몰라도 돼"라고 대답해야 하는 경우가 있다. 가령 뉴스에 나오는 각종 사건사고들에 대해 묻는 경우다. 뉴스라는 매체가 잔혹한 사건사고를 빼놓을 수 없는 매체인지라 함께 보지 않는 것이 최선이지만 어쩌다 그런 경우가 생기면 "아직 몰라도 돼" 하고 말하는 대신 왜 지금은 모르는 게 좋을지에 대해서 반드시 설명해준다.

우리 모녀의 끈질긴 질의응답을 가끔 목격한 사람들은 그렇게까지 설명할 필요가 있느냐고 하기도 하는데, 나는 그냥 몰라도 된다고 하는 것과 왜 몰라도 되는지를 설명해주고 생략하는 것과는 받아들이는 마음에 큰 차이가 있다고 생각한다. 아이가 세상 모든 일을 다 알 필요는 없을 수도 있다. 내가 아무리 쉽게 설명해도 아이가 결코 이해하지 못하는 일들도 있다. 그러나 그런 과정을 통해 아이가 배우는 건 세상에 대한 이해가 아니라 무시당하지 않았다는 자존감이라고 믿는다.

요즘은 내가 아이에게 질문을 던질 때도 많다. 사춘기라 퉁명스러울 때도 많지만 어떤 상황이든, 무엇을 묻든 아이도 되도록 설명하고 대답해주려 한다. 물론 사생활을 묻는 질문은 예외다. 그런 건 요구해서도 안 된다. 우리가 아이와 나눠야 할 건 대화와 토론이지 취조가 되어서는 곤란하다. 묻는다고 모두 질문은 아닌 것이다. ❋

4부

네번째 골목

❋

치유의 광장

　지난해 마지막날, 강남의 한 심리상담소를 찾아갔다. 취재 때문에 혹은 그 밖의 여러 이유로 몇 군데의 심리상담소를 방문한 경험이 있는데 내가 유독 그런 곳만 방문한 건지, 대부분의 심리상담소가 그런 곳에 있는 건지 찾아가는 곳마다 좁은 복도에 굳게 닫힌 문들만 늘어선 오피스텔에 있었다. 사무실이라고는 하지만 다른 직원이 있는 경우는 거의 없고, 상담사 혼자만 있는 경우가 대부분이었다. 대개의 상담이 일대일 만남이니 당연할 수는 있는데, 굳게 닫힌 오피스텔 사무실을 여자 혼자 방문하는 데에는 일말의 불안이 따르기 마련이다. 그곳에 지인이 살고 있다고 해도 그럴 텐데, 만나는 사람이 그전까지는 모르던, 누군가의 소개가 알고 있는 전부인 낯선 사람이라면 공간의 폐쇄성은 유독 강하게 와닿기 마련이다. 요즘처럼 험한 세상에, 안에 누가 있을지, 어떤 상황인지도 모르는데, 심리상담을 하는 사람 중에 특이한 사람도 많다던데, 혹시 무슨 일이라도 생기면 어디로 어떻게 도망가야 하나, 하는 생각을 나도 모르게 하게 된다. 실제로 우려했던 불운을 겪은 적은 없고, 오히려 문을 열고 나면 그 이전의 의심과 의혹이 미안해지기 마련인데도 번번이 그렇다. 특이한 사람을 만난 적은 있지만 그 정도의 경우는 일상의 만남에서도 존재한다.

그날도 역시 그런 비슷한 과정을 거친 만남이었다. 그렇지만 돌아오는 길에 나는 기분이 묘해졌는데, 우울증 이력을 가진 이가 자신의 전문의를 흉기로 살해한 기사를 읽게 된 탓이었다. 그 기사를 읽으면서 나는 나도 모르게 자꾸 뒤를 돌아보게 되었는데, 그건 새삼 좁은 복도에 굳게 닫힌 문만 있는 사무실에서 마음을 앓는 이를 기다리는 상담사들의 마음도, 그 복도를 걸어서 처음으로 문을 열어야 하는 이들과 크게 다르지 않을 수도 있겠구나 싶어서였다. 환자와 의료진으로 붐비는 대형 병원도 환자들의 폭력에 그토록 무방비 상태라면 저런 곳은 거의 사각지대에 가깝겠다는 생각도 들었다.

나는 그들의 사무실을 방문할 때마다 우울은 왜 광장으로 나오지 못하는가 하는 궁금증이 든다. 치료가 필요한 사람에게도 치료를 하는 사람에게도 그렇게 닫힌 공간은 여러 의미로 위험해 보인다. 심리상담에 관심을 가지면서 나는 이런 형태의 심리상담소가 매우 많다는 사실에 놀랐고, 이런 상담소를 찾아가는 이가 제법 많다는 사실에도 놀랐다. 심리상담 문화가 생각보다 꽤 보편화되어 있는 셈인데 특이한 건 대부분의 상담이 개인 상담소에서 이뤄진다는 점이다. 입원을 필요로 하는 중증의 상태가 아니라면 대체로 병원을 꺼렸다. 개인 심리상담의 비용이 병원보다 높은 경우에도 그렇다. 사람마다 이유가 다르겠지만 적지 않은 이들이 병원 진료를 받을 시 남는 치료 이력과 약물 처방에 의존하는 병원의 진료 방식에 거부감을 드러냈다. 그렇지만 그들에게 대안처럼 선택되는 많은 개인 상담소들이 과연 적당하고 합리적인 치료를 받기에 안전한 곳일까. 유감스럽게도 그건 누구도 알 수 없는 것 같다. 현재 한국의 심리상담사 자격증은 면허제가 아닌 자격증제로 이뤄진다. 물론 자격증을 얻기 위해서 일정 시간의 연수 등 까다로운 과정을 통과해야 하지만 어느 곳이 신뢰할 만한 곳인지는 경험으로 판단하는 수밖에 없다. 우울과 공황이 감기만큼이나 흔한 현대인의 질병이 되어가고 있는데, 그 질병에 대한 대책이나 치료에 대한 공신력 있는 안내는 딱히 찾을 수가 없는 셈이다.

우울을, 마음의 병을 광장으로 끌어내자는 말은 정말 조심스럽다. 생각해보면 그 병은 오래전부터 광장에 나와 있다. 단지 처벌받고 있을 뿐이다. 앞서 언급한, 진료중에 황망하게 세상을 떠난 고인의 유족들이 그 참담한 슬픔 속에서도 고인의 뜻이 "마음의 고통이 있는 모든 분들이 사회적 편견이나 차별 없이, 누구나 쉽게, 정신적 치료와 사회적 지원을 받"는 데 있음을 되새겨주는 발표를 하는 모습을 마음 아프게, 그러나 더할 수 없는 존경의 마음으로 보았다. 그건 아마도 마음의 고통이 끌려 나온 광장이 처벌의 광장이 아닌 치유의 광장이 되어야 한다는 의미일 것이다. ✻

나를 부끄럽게 만드는 위로

학원이라고는 일주일에 하루 영어학원만 다니던 아이가 중학교에 입학하면서 그마저도 그만두기로 했다. 결심을 한 날 바로 수강 철회 신청을 하고 학원 교사에게 인사를 전하고 마지막으로 지난 몇 년 동안 아이의 등하원시 차량 탑승을 도왔던 보조 선생님께 연락을 했다. 혹여 아이가 학원에 등록하지 않은 사실을 전달받지 못해 헛걸음하실까봐 바뀐 사정을 알려드리고 그동안 감사했노라 문자를 드렸는데, 잠시 후 답장이 왔다. 공부 열심히 하는 예쁜 아이 데리고 다니면서 당신이 더 행복했다며, 잊지 않고 연락 주셔서 감사하다는 내용이었다. 그 몇 문장에 담긴 진심이 어찌나 따뜻하고 뭉클하던지 하마터면 차량 선생님 때문에 재등록하러 갈 뻔했다.

오래전에도 그런 날이 있었다. 네 살 아이가 다니던 유치원을 그만두던 마지막날, 쇼핑봉투 가득 담긴 자잘한 짐을 대신 들고 서운함 가득한 표정으로 아이의 손을 꼭 잡고 나온 건, 담임교사도 보조교사도 아닌 일 년 동안 아이를 태우고 다녔던 유치원 버스 기사님이었다. 과장되게 웃고 친절하던 유치원 관계자들은 내가 재등록을 하지 않겠다고 말한 순간부터 더이상 웃지 않았다. 한동안 이슈가 되었던 비리 유치원의 전형 같은 곳이라 이미 나는 아무 미련도 없었고, 그래서 떠나기로 했던 거였지만 그래도 어린아이에게 혼자 쇼핑봉투 여러 개의 짐을 들려보내며 그런 내색을 보인다는 게 못마땅했다. 그 상황을 놓치지 않고, 얼른 아이를 챙겨준 기사님 덕분에 그래도 그 시절의 어느 한 기억과는 따뜻하고 다정하게 이별할 수 있었다.

그보다 전에도 비슷한 일이 있었다. 출산을 앞두고 거의 반강제적으로 회사를 그만두게 되었을 때였다. 나는 그 회사에서 임신한 직장 여성이 겪을 수 있는 모멸은 거의 다 겪었다. 내가 퇴사를 결정한 다음에야 차례로 찾아와 사과를 하는 누구와도 인사하고 싶지 않았다. 그렇다고 그렇게 할 수는 없었다. 직장인으로서 마지막 내 예의와 매너를 갖추기 위해 온갖 의례적인 인사에 최선을 다하던 어느 날 나는 내 책상에 붙어 있는 포스트잇 한 장 때문에 마음이 뭉클해졌다. 아침마다 음료를 배달해주던 아주머니의 편지였다. 날마다 종류를 바꿔달라고 부탁했는데, 임신부에게 좋지 않다는 이야기를 들었다며 특정 과일 음료만 넣지 않는 배려를 해주던 분이었다. 예쁜 아기 건강하게 낳으라는 축복이 담긴 쪽지. 짐작도 못했던 편지로 인해 나는 그 암울하고 이기적인 공간에 따뜻한 편지 한 장을 추억으로 남길 수 있었다.

그런 비슷한 기억의 가장 먼 끝에는 지금은 사라진 버스 승차보조원도 있다. 오래전 시내버스에 안내양이라는 이름의 승차보조원이 있던 시절, 멀미하는 열 살 남짓 어린 나를 안내양 전용의 접이의자에 앉혀놓고 하얀 손수건으로 부채를 쳐주던 그이의 이름은 기억 못하고, 그 먼길을 가는 버스에 왜 나만 혼자 남아 있게 됐는지 그 이유만 어슴푸레 짐작할 뿐이지만(그건 몹시 서글프고 무서운 이유였지만) 안내양 언니의 하얗고 차분하고 다정한 미소 때문에 나는 안심하고 졸며 집으로 돌아올 수 있었다.

마음은 중앙으로 향하고, 욕망은 상단에서 춤을 추다 곤두박질치면 위로는 늘 내가 돌아보지 않던 자리에서 찾아온다. 일상에서 나랑 무관하다고 지나쳤던 사람들에게, 내가 그 자리를 떠날 때 내내 함께였다고 믿은 누구도 건네지 않는, 누구보다 따뜻한 인사를 받게 될 때마다 나는 부끄럽다. 그들을 보지 않았던 게 미안해서가 아니라 내가 그들과 다른 사람인 것처럼 나도 모르게 부린 허세를 들키고 말았다는 생각이 들기 때문이다.

영화 〈기생충〉을 보고 "나도 옛날에는……"으로 시작하는 가난 인증 감상을 늘어놓는 것이 요즘 SNS의 유행이라는 농담을 듣고 웃었다. 영화를 못 보아서 그 속의 가난이 어떤 가난인지는 모르겠는데, 소설의 서사로, 산문의 주제로 줄곧 가난을 팔아먹은지라 마음 한편이 뜨끔하다. 동시에 '옛날에는……'이라고 다 지난 이야기처럼 말하는 나는, 그래서 지금 어디에 어떻게 서 있나 새삼 궁금해지는 것이다. ❊

촛불 이후 광장은 진화할까

    사람과 동물의 차이가 뭐라고 생각하느냐는 질문에 초등학교 4학년이던 아이는 뜬금없이 단계론을 꺼내들었다. 진화와 발전의 정도에 따라 열 단계 정도의 분류가 가능하다면 동물은 3에서 5의 단계에, 사람은 5에서 8정도의 단계에 있는 존재라고 생각한다는 대답이었다. 인간하고 동물이 겹치는 단계도 있네? 당연하지. 어떤 동물은 갓 태어난 신생아보다 훨씬 머리가 좋을걸. 그럼 9에서 10단계는 왜 비어 있어? 물으면서 남편은 알파고를 떠올렸다고 했다. 나도 비슷했다. 사이보그나 테크놀로지, 그런 대답이 나오지 않을까. 판타지와 SF를 일상의 영역으로 안고 사는 세대였다. 기계와 인간을 분리해서 생각하지 않을 수 있는 나이이기도 했다. 대수롭지 않은 표정으로 아이가 대답했다. 그거야 당연히 지금보다 더 진화하고 발전할, 후대의 인간이지. 인류는 끝없이 진화했고 발전했으니까 앞으로도 그렇지 않겠어? 순간 나는 말문이 막혔다. 글쎄, 앞으로도 우리는 그렇게 될 수 있을까. 아이의 확언처럼 진화하고 발전할 수 있을까. 아니 우리의 모습은 과거보다 진화하고 발전한 것이라고 할 수 있을까.

우리가 탄핵정국이라고 부르던 해의 시작이었다. 어느 해, 어느 사회라고 비리가 없었을까마는 2016년에는 그동안 숨겨진 사회의 치부가 곳곳에서 민낯을 드러냈다. 몰랐던 것이 아니라 모른 척했던 비리, 그럼으로써 내가 동조하고 방조했던 비리들이 유독 많았다. 강남역 사건처럼 여성에 대한 범죄 사건을 계기로 드러난 여혐 논란이 그러하고, 역대 최고라는 청년 실업률 속에 비정규직 청년들이 무참한 사고를 당해 세상을 떠난 일이 그러하고, 문단을 시작으로 터져나온 예술계 내의 성폭력 문제도 마찬가지다. 실력도 정체도 알 수 없는 국가대표 선수의 입시비리인 줄 알았던 사건은 비선실세에 의한 국정농단의 단초였다. 이마저도 정치에 대한 냉소, 투표에 대한 무관심이 빚어낸 일말의 책임은 있으니 우리가 느끼는 분노의 바탕은 아마도 부끄러움일 것이다.

2016년의 비리는 공교롭게도 모두 권력의 민낯이 드러난 권력형 비리라는 공통점도 가지고 있다. 오랜 세월 사회적 용인이라는 말로 외면하고 지나쳤던 문제들이었다. 우리가 힘이 없다고, 원래 세상이 그렇다고 체념하듯 방조하며 키운 범죄였다. 그러나 2016년은 동시에 저항하는 세력이 나타나기 시작한 해이기도 하다. 남성주의, 계급주의, 정치권력의 피해자들이 비로소 용기를 내어 싸우기 시작했다. 광장의 촛불이 시간을 더해갈수록 커지듯 각종 비리를 고발하는 태그들은 해를 넘겨가며 구체적이고 다각적으로 여전히 유효하게 진행중이다. 광장의 촛불은 우선적으로 무능력한 지도자에게 책임을 요구하는 촛불이었지만, 그 촛불 안에서 여성에 대한 차별적 발언의 문제성을 공유하고, 청소년들의 자발적 정치참여를 어떤 방식으로 존중해야 하는가 고민하고, 시위의 여러 방법에 있어 무엇이 평화인가에 대해 논쟁하는 등 여러 가지로 의미 있는 과정이었다. 광장에서 벌어지는 그 무수한 담론들의 엇갈림이 탄핵 이후, 우리에게 찾아올 잠시의 혼돈을 자정할 수 있는 지표가 될 것이기 때문이었다. 같은 것을 비판해도 같은 방식으로 비판하지 않는 태도에 대한 관용, 그것이 바로 성숙이 아닐까.

인간과 동물의 차이에 대한 아이의 대답을 듣고 생각했다. 사회에도 단계론을 적용할 수 있다면 우리 사회는 지금 몇 단계쯤 이르러 있을까. 더 나은 사회가 우리에게 남아 있을까. 우리는 사회를 진화하고 발전시킬 수 없을까. 촛불 이후 3년, 지금 우리 사회는 과연 그 질문에 어떤 대답을 내놓을 수 있을까. ❄

고통은 왜 증명해야 하는가

몇 군데 후원단체에 후원금을 보내고 있다. 국내외 제한을 두지는 않았는데, 공교롭게도 모두 아동을 주로 후원하는 곳이다. 그렇지만 한 곳을 제외하고는 특정 아동과 결연하여 후원하고 있지는 않다. 결연아동이 지정되어 있는 곳은 제일 처음 후원한 곳인데, 후원의 계기가 '동생 대신'이기 때문이었다. 부모가 자식에게 해줄 수 있는 가장 큰 선물이 형제자매를 만들어주는 것이라는 생각은 첫아이를 낳자마자 단념했다. 여러 가지 사정과 고민으로 둘째를 낳지 않기로 했다. 대신 아이가 동생을 찾기 시작할 즈음 후원을 시작했다. 이 아이가 네 동생이야, 류의 낭만적인 설정인 셈이었다. 후원아동의 나이도 그래서 내 아이보다 한 살 정도 어린 아이로 정했다.

단 한 명의 아이를 후원하기 위해 나는 무수히 많은 후원단체를 비교하고 또 비교했다. 적은 금액이라도 아무데나 낼 수는 없다는 생각이었는데, 내 조건은 까다롭기 그지없었다. 일단 종교적인 색채가 없어야 했다. 구호를 구실로 종교를 강요하는 행위를 나는 비열하다고 여겼다. 신의 도움으로 너희가 후원자를 만났다, 라는 식의 전도를 하려면 너희를 이토록 참혹한 전쟁과 기근과 학대에 놓이게 한 신에 대한 변명부터 해야 하는 거 아닌가 하는 반감이 있었다. 서구 중심의 교육이나 개발 논리가 강한 곳도 피하고 싶었다. 서구 자본주의 중심의 후원단체가 미개척 대륙의 문명과 관습을 파괴한다는 이야기가 생각나서였다. 그러나 어려운 사람을 돕되 어려운 사람을 개조하지 않는 그런 후원단체를 찾는 일은 생각보다 쉽지 않았다. 차라리 내가 단체를 하나 만드는 게 빠를 것 같았다. 그래서 그렇게 많은 후원단체가 생겨나는 것일까.

결국 내 고집을 조금 꺾었다. 신을 팔든, 이념을 팔든, 일단 주기로 한 밥은 정직하게 주는 곳, 기금 운용이 비교적 투명하다고 평가받는 곳들을 찾았다. 그렇게 해서 한 후원단체에 결연 신청서를 냈다. 후원아동을 지정한 건 앞에서 언급한 낭만주의적 감성이 한몫했다. 후원아동과 편지를 주고받으면서 다른 어려운 삶의 고통에 대해 구체적인 실체를 보고 느끼는 일이 내 아이에게도 교육적 효과가 될 거라고 생각했다. 그러나 막상 편지를 주고받는 일은 쉽지 않았다. 우리가 후원을 한 아동은 남수단에 살고 있었다. 분쟁지역이었다. 어떤 해에는 살아 있는지 생존 여부를 알 수 없는 상황에서 편지를 쓰기도 했다. 가끔 답장이 왔다. 아이는 잘 크고 있었고, 가족 모두 건강해 보였다. 아이의 사진을 보는 일도 반가웠고, 아이를 위해 기도를 하는 마음은 늘 진심이었지만, 나는 그 편지를 받을 때마다 기분이 묘했다. 아이가 쓰는 편지는 늘 비슷했다. 고맙다, 당신 덕분에 우리 가족은 잘 지내고 있다. 간단하게나마 선물을 보낼 수 있던 때는 지극히 개별적인 기쁨이 드러났지만 선물이 금지되면서는 그나마의 개인적인 일상도 공유하지 못했다. 아픔에 대해서는 절대 말하지 않았다. 아이도 어렸지만 개인적인 정보가 들어가는 이야기는 금지되어 있었다. 편지와 사진을 통해 내가 알 수 있는 건 후원에 대한 감사의 보고가 전부인 셈이었다. 어느 날 문득, 감사와 안녕을 보고받는 이 편지를 받는 일이 밥과 신을 바꾸는 행위와 무엇이 다른가 싶었다. 나는 감사 기도에 목매는 하나님이 되고 싶은 건가. 진심을 다해서 후원 아동들과 편지를 교류하고 기도하고 찾아가는 이들을 알고 있다. 그들의 진심을 나는 의심하지 않는다. 그러나 내 인격은 거기에는 미치지 못했다. 그래서 그후의 후원은 특정인을 지정하지 않는다.

그러면서 비로소 궁금해진다. 고통은 왜 누군가의 이름으로 알려지고 설득되어야 하는가. 고통을 설명해야 하는 건 기금을 모집할 때만이 아니다. 공적 기금이나 후원이 필요한 이들도 스스로 자신의 고통이나 가난을 증명해야 한다. 결핍과 아픔과 절망을 누군가의 특정한 이름으로 노출하고 공감을 얻는 사회를 두고 '고통의 포르노'라는 말을 떠올린다면 비약일지 모르겠지만, '고통의 증명'을 강박처럼 요구하는 사회는 맞는 것 같다. 세상 어딘가에 기근이 있고, 세상 어딘가에 전쟁이 있고, 세상 어딘가에 학대가 있고, 세상 어딘가에 장애가 있다는 사실만으로 연민과 연대가 가능할 수는 없을까. 얼마나 아픈지 묻지 않고 돕는 사람들의 연대 같은 걸 만들어보고 싶다는 생각도 해보게 된다. ✳

생리대 기본권

처음 생리를 시작했던 날에 대한 기억은 없는데, 처음 생리대를 받았던 날은 기억한다. 초등학교 6학년 때였다. 자고 일어나서 세수하러 나가는 딸아이 속옷에 묻은 혈흔을 엄마가 먼저 보았고, 일찍 크더니만 언니들보다 빠르게 시작한다며 웃었고, 자기가 뭘 하는지도 모르고 있는 철딱서니를 어쩌면 좋으냐고 혀를 차면서 서랍 속에 있던 생리대를 꺼내줬다.

휴대용 생리대가 출시된 지 얼마 안 됐던 시점이었던 건지 그즈음에야 우리집에서 처음으로 휴대용 생리대를 썼던 건지는 모르겠다. 위로 언니가 둘이 있으니 처음 본 물건은 아니지만 나는 생리대가 길쭉한 모양과 네모난 모양 두 가지가 있는 걸로만 알았지 네모난 모양이 실은 휴대에 간편하게 생리대를 접어놓은 거라는 건 그때 처음 알았다. 내 몸에는 아무 느낌이 없는데 나도 모르게 생리를 시작했다니 뭔가 속은 듯한 느낌에 부끄럽고 불안한 마음이었지만, 그것보다는 늘 무심하게 보아오던 생리대가 사실은 포장지였고, 그걸 뜯어내면 그 안에 하얗고 보드랍고 길쭉한 다른 사물이 들어 있다는 사실이 더 놀라웠다. 생리보다는 생리대의 비밀을 알게 됐다는 사실 때문에 어른이 된 느낌이었다.

시작한 생리 자체에는 오히려 별 감흥이 없었다. 그럴 수밖에 없었다. 그날은 내가 처음 생리를 시작한 날이 아니었다. 전날 생리를 시작한 언니가 밤새 궁둥이를 맞대고 잔 동생에게 남긴 실수의 흔적이었을 뿐이었다. 나중에 그 이야기를 듣고 누군가 더럽다며 구역질을 했는데, 결단코 언니의 잘못은 아니다. 여섯 식구가 단칸방에서 살았는데, 더운 여름에도 궁둥이뿐 아니라 머리 어깨 무릎을 틈 하나 없이 다 맞대야 비로소 여섯 식구가 방에 다 누울 수 있는데, 무슨 영험한 수로 자는 동안 시작할 생리를 짐작하고 대비할 수 있었겠는가. 나는 그 해프닝을 더럽다고 말한 사람이 더 기분 나빴다. 다른 영역도 그렇지만 위생과 보건은 특히나 주어진 환경의 제약 그 자체인 경우가 많다. 우리에게 여분의 방이 있었다면, 조금 더 넓은 방이 있었다면 언니가 이불 대신 내 몸에 실수를 하는 일도 없었을 것이다. 더럽다고 비웃음을 듣는 일도 없었을 것이다. 가난은 그 자체로도 힘들지만, 가난에 대한 몰이해와 이해를 가장한 과한 동정과 만날 때 더 비참해진다.

저소득층 아이들이 생리대를 구하지 못해 학교에 나오지 못하거나 신발 깔창으로 생리대를 대체하기도 한다는 기사를 처음 보았을 때 내가 가장 크게 느낀 당혹감은 일정 부분 그런 마음이었다. 고백하자면, 가난은 내가 좀 겪어봤지 농담처럼 떠들었던 나도 생리대를 사지 못해 곤란을 겪었던 적은 없었다. 가난한 이웃들과 살았지만 그런 경우를 들어본 적도 없었다. 가난 운운하며 떠들어댔던 일이 처음으로 부끄러웠다. 가난하게 살기는 했으되, 차상위계층 지원 대상도 되지 못하는 가난이니 내가 누구보다 가난하다고 생각했던 적은 없지만, 그래도 가난한 삶에 대해 알 만큼은 안다고 생각했던 건 오만이었다. 그래서 나는 SNS에 계속 링크되는 그 기사들을 한 번도 공유하지 못했다. 학교 보건실에 비치된 생리대도 차마 부끄러워 쓰지 못하는 아이들에게 너희 생리대도 없다며, 온 세상이 놀라는 모습을 보여주는 일이 어쩐지 죄스러웠다. 박완서의 단편 「도둑맞은 가난」에 나오는, 가난을 체험하러 나온 사장 아들이 된 기분이었다. 세상에서 제일 무섭고 오만한 사람이 '해봤다'는 사람이라고 생각했는데, 내가 딱 그 사람이었다. 내가 생각하지 못한, 경험하지 못한 영역의 가난에 대해서 더 겸손해야 했다. 더 살펴야 했다. 그리고 많은 사람들이 나처럼 그랬던 것 같다.

물론 나는 그 기사를 공유하는 사람들이 고맙다. 놀라고 안 쓰러워하고 자발적으로 도움을 주려고 하는 움직임들도 반갑다. 다행스러운 일이고 나 또한 기꺼이 동참할 작정이다.

그러나 나는 이 모든 과정이 지원받아야 하는 아이들의 자존을 함께 고민하면서 진행되었으면 좋겠다. 혹시라도 여론에 힘입어 전시행정의 대상으로 이 사업이 진행되지 않았으면 좋겠다. 무상급식 이전에 결식아동 지원이 그러했듯이 지원 대상자를 가려낸다는 구실로 아이들을 광장에 불러모을까봐 두렵다. 학교 화장실에 공용 화장지를 비치해놓는 것처럼 생리대를 비치해놓는 방법은 없을까. 무임승차하는 아이들이나 도난을 걱정하는 이들이 있겠고, 학교 밖 대상자까지 살필 수 있는 대안은 아니겠지만, 어떤 방법으로든 도움을 받기 위해 자존을 꺾어야 하는 일은 생기지 않았으면 좋겠다. 문제는 광장으로 끌어내되 해결은 인격을 담는 것. 모든 문제가 그렇겠지만 이번 경우는 특히 그런 고민이 절실하게 필요해 보인다. ✳

참고문헌 없음

미국 역사의 주요 인물들을 동상으로 제작해놓은 워싱턴 미의사당 내의 인물들은 대부분 서 있는데, 드물게(혹은 유일하게) 앉아 있는 인물이 있다. 바로 흑인 인권 운동의 대모로 불리는 로자 파크스다. 노예제도는 사라졌지만 여전히 사회 곳곳에 흑인 차별 규정이 남아 있던 시대에 로자 파크스는 백인들에게 버스 자리를 양보하지 않았다는 이유로 체포가 된다. 알려진 대로 이 사건은 흑인들에 대한 차별 조항을 철폐하는 데 중요한 기폭제가 되었던 버스 보이콧 운동의 계기가 된다.

뜬금없이 로자 파크스의 이야기가 떠오른 건 아이 때문이다. 로자 파크스의 이야기를 바탕으로 쓰인 동화 『사라, 버스를 타다』를 읽던 아이가 이의를 제기했다. "엄마, 로자 파크스는 백인의 자리에 앉지 않았어. 법이 정한 대로 흑인의 자리에 앉았는데도 부당한 대우를 받았던 거야." 동화 속 사라는 백인과 흑인의 좌석 차별에 반발해 스스로 백인의 좌석인 버스 앞자리로 이동한다. 아이의 이의 제기를 듣고 새삼 로자 파크스의 이야기를 다시 찾아보았다. 로자가 앉은 자리는 아이의 말대로 흑인의 자리였다. 승객이 많아 서 있는 백인들이 생기자 버스 기사가 좌석 규칙을 바꿔 그들의 자리마저 백인에게 내주려 했고, 로자는 이에 반발했던 것이다.

『참고문헌 없음』이라는 제목이 붙은 문단 성폭력 기록 프로젝트에 처음 참여를 제의받았을 때 내 입장은 유보적이었다. 거절에 가까운 유보였다. 여혐 논쟁, 메갈 논쟁을 비롯한 여러 페미니즘 논쟁을 관심 있게 읽었다. 어떤 내용은 공감하고 어떤 내용은 이해하기 힘들었다. 다 공감하는 것은 아니므로 페미니즘에 대해서는 SNS에서조차 말을 아꼈다. 문단 내 성폭력 문제도 그러했다. 현재 여성들이 처한 부당하고 폭력적인 여러 현실에 대해서는 공감했다. 그러나 그것들이 다양한 담론으로, 운동으로 제기되는 순간 나와 다른 여러 입장이 눈에 보였다. 어떤 태도와 주장은 내게도 반감을 불러일으켰다. 그러한 다양한 가지들을 한데 모을 수 있을까. 나는 회의적이었다. 동의하거나 이해되지 않는 것에 말을 보태는 것은 옳지 않다고 생각했다. 그러므로 조금 더 공부를 하고 발언하겠다, 정도로 나의 태도를 정리해왔다.

생각이 바뀐 건 아이가 양성평등을 주제로 교실에서 벌어진 토론 내용을 들려준 후였다. 놀랍게도 아이들은 성차별의 당연함과 성차별의 부당함에 대한 근거로 군대와 출산을 거론했다고 한다. 너희도 군대에 가라고 공격하는 열 살 남짓의 남자아이와 너희도 애를 낳으라고 방어하는 열 살 남짓의 여자아이들의 대화는 상상만으로도 기이하고 두렵다. 아이들의 대화는 종종 어른들의 세계를 너무나 분명하고 구체적으로 투영한다. 여전히 우리 사회의 양성평등은 군대와 출산의 프레임에 갇혀서 한 발자국도 앞으로 나아가지 못했다는 사실을 어떻게 이해해야 할까. 군대도 출산도 인간으로서의 존엄과는 무관하며 차별과 혜택의 근거가 될 수 없고 군대와 출산의 프레임에 갇히는 순간, 남자도 여자도 모두 도구로서의 존재가 된다고 아이에게 말해주었다. 우연하게도 이날 정부 국책연구원은 저출산 대책으로 여성의 교육 수준이 취업에 불리하게 작용하도록 할 것을 제안했다. 정부기관이 여성의 비인간화, 도구화를 선언한 날, 아이에게 성적 차이와 무관한 인간의 존엄에 대해서 말해주다니 어쩐지 거짓말을 한 느낌이었다. 나는 결국 유보한 프로젝트에 참가하기로 결정했다. 물론 여전히 나는 다양한 여성운동의 방향에 대해서 반문하고 있으며 답을 찾고 있다. 그러나 어떤 연대는 합의가 아닌 지향을 위해 필요하지 않을까.

문제가 복잡할 때는, 생뚱맞을 정도로 다른 듯 그러나 본질은 같은 문제를 살펴보는 게 도움이 될 때가 있다. 여성 문제에 대해 가늠이 되지 않을 때, 나는 종종 인종차별의 역사를 훑어본다. 로자 파크스는 정해진 차별의 자리를 지켰지만 하차당했다. 저항하지 않고, 침묵하는 것만으로 차별은 또 어떤 차별을 야기하는가. 우리는 어떻게 그 차별에서마저도 차별당하는가. 여성이 아닌 보편의 인권으로 바꾸어 고민해도 무방하겠다. ❋

울어도 돼

"울면 안 돼, 울면 안 돼, 산타 할아버지는 우는 아이에게 선물을 안 주신대." 철 이른 캐럴을 부르다 말고, 아이가 물었다. "눈물을 흘리면 마음이 가라앉고, 마음이 가라앉는 건 좋은 건데, 왜 선물을 못 받아요?"

듣고 보니 그렇다. 슬플 때는 슬퍼하는 것이 당연하고, 기쁜 일이 많은 사람보다 슬픈 일이 많은 사람을 위로해야 하는 게 당연한데, 울면 선물도 안 준다는 말은 다시 생각하니 고약하다. 나는 왜 그 생각을 못했을까.

하여 나는 그 노래에서 말하는 울음은 떼를 쓰는 것이라고 설명하지 않았다. '떼'라는 말이 무척 일방적이고 편협하다는 생각이 들어서였다. '떼'란 부당한 요구나 고집을 가리키는 말인데, 그 요구와 주장의 부당함은 어른들의 입장에서 볼 때 그렇다는 뜻이다. 아이 입장에서는 그 요구가 합리적일 수도 있다. 약속을 어긴 사람이 어른일 수도 있다. 그런데, 어른이라는 권력을 내세워 아이가 울면 무조건 '떼'로 몰아붙이는 경우가 다반사다. 떼를 쓰지 않는 착한 아이란 어른들의 뜻대로 통제 가능한 아이라는 뜻이기도 하다. 그것이 과연 바람직하고 옳은 것인지 나는 모르겠다.

여성학에서는 여성들이 지양하고 견제해야 할 삶의 태도 중 하나로 '착한 여자 콤플렉스'를 들고 있다. 나는 그것이 모든 인간에게 해당된다고 믿는다. 순한 사회가 선善한 사회는 아니며 정과 정의는 분명 다른 것이기 때문이다. 그것들은 공존할 수도 있고, 대치할 수도 있다. 착한 아이, 착한 여자, 착한 시민은 모두 지배자의 요구이자 지배 조건일 뿐이다.

'떼'라는 말은 그러므로 부당함을 내포하고 있다기보다 상대를 나보다 어리고 미숙하게 판단하고 있으며 그리하여 그들의 주장과 요구를 하찮게 여기는 태도를 담고 있다고 보는 것이 옳을 것이다. 그러하니 정치권에서 상대를 비방할 때나 재계가 노동자를 탄압할 때, 재개발 등으로 밀려나는 소외계층의 민원 앞에서 주로 '생떼 부리기'라는 표현을 쓰는 것 아니던가. 억울할 때 울 수도 없는 것처럼 비통한 통제는 또 없을 것이다.

또한 눈물은 아이의 말처럼 긍정적인 역할을 하기도 한다. 가령 끝없이 도전하는 자들의 눈물이 그렇다. 도전했으나 패배한 자들, 다음을 기약하는 자들이 흘리는 그들의 눈물은 우선 참담과 회의일 테지만, 결국에는 자신을 성찰하게 하며, 후회를 살피게 하여 다음 도전을 이끌어내기도 할 것이다. 스포츠를 볼 때, 이인자의 눈물을 보며 우리가 감동을 받게 되는 경우도 바로 그런 이유 때문이다.

그런 점을 생각하자면 마음껏 울 수 있는 사회는 웃음이 끊이지 않는 사회 이상으로 건강하고 바람직한 사회라는 생각이 든다. 동시에 지금 우리는 울음에 너무 인색하지 않았나, 혹은 타인의 울음에 너무 무관심하지 않았나 싶은 반성도 한다. 생각해보면 울 일은 많았으나 제대로 울 수는 없었던 때가 얼마나 많았는가.

마음껏 울 수 있는 사회, 우는 사람이 모두 위로받는 사회가 건강한 사회다. 나는 앞으로 우리 모두가 울고 싶을 때 마음껏 울 수 있었으면 좋겠다. 눈물을 통제당하는 것이 아니라 눈물로 인하여 피해 보는 것이 아니라, 눈물 흘린 만큼 위로받고 아픈 만큼 성장을 기대할 수 있는 사회가 되었으면 좋겠다. ✽

쫓겨난 늑대는 어디로 가야 할까

대중목욕탕에서 일어난 일을 둘러싸고 SNS에서 벌어지는 논쟁을 읽은 적이 있다. 대중목욕탕에서 누군가 맡아둔 자리를 이용했다가 곤욕을 치른 이가 올린 글이 발단이었다. 공공의 장소에서 개인의 자리를 맡아두는 일이 과연 옳은가에 대한 논의가 이어졌는데, 간혹 방향을 잃은 주장도 나왔다. 이런 일은 여자 목욕탕에서만 일어난다며, 여자들은 어쩔 수 없다는 성차별적인 발언이 있었고, 옳고 그름을 나이의 많고 적음으로 가늠하는 이도 있었다. 사소하다면 사소한 논쟁이었다.

그런데 한 종류의 댓글이 자꾸 거슬렸다. 바로 그러한 이유로 자신은 (그런 구질구질한 인간들을 만나야 하는) 대중목욕탕에는 절대 가지 않는다는 표현이었다. 나는 그 말이 어떤 계급적 과시처럼 읽혔다. 대중목욕탕에 가야만 목욕을 할 수 있는 삶도 있을 것이다. 아니, 대중목욕탕조차 갈 수 없는 삶도 있을 것이다. 나는 그 문장이 그래서 우리 아이는 공립학교에 보내지 않아요, 그래서 우리는 강북에 살지 않아요, 그래서 나는 대중교통을 이용하지 않아요, 하는 목소리들과 자꾸 겹쳐졌다. 무사하고 안전한 땅만 골라 디딜 수 있는 사람들의 세상은 과연 얼마나 정의로울까. 그리고 궁금했다. 그들의 안전지대는 과연 어떻게 만들어진 건지. 혹시 구질구질한 삶들, 혐오스러운 족속들을 스스로 배척하고 회피하며 만들어놓은 것은 아닌지 하는 의문도 따랐다.

비슷한 느낌을 준 논쟁이 하나 더 있다. 바로 '노 키즈 존' 논란이다. 아이들의 출입을 금지하는 식당, 카페 들이 늘어나고 있다는 글에 적잖은 찬성들이 달렸다. 무질서하고 제멋대로인 아이들에 대한 비난, '맘충'이 문제라며 그 아이들을 키우는 엄마들을 벌레에 비유한 비난 등 각종 비난이 난무했다. 개인마다 다른 인성과 태도를 무차별적으로 묶어버리는 것도 문제이지만 몇몇의 문제를 모두에게 적용시켜 차별 조항을 만드는 일이 여전히 가능하다는 사실이 놀라웠다. 문제를 일으킨 이들에게 주의나 경고를 줄 수는 있지만, 문제를 일으킬 가능성만으로 배척당하는 건 부당한 일이다. 역사적으로 그런 일을 겪었던 이들이 있다. 흑인이 그러하고 여성이 그러했다. 그리고 그런 차별이 부당하다는 건 이제는 대다수가 공유하는 문제다. 그런데 그런 차별의 부당을 공유하는 이들마저 노 키즈 존을 지지하는 모습을 보니 당혹스러웠다. 어떤 혐오는 타당하고, 어떤 혐오는 부당하다니 혐오에도 카테고리가 있는 걸까.

누군가를 무언가를 혐오한다는 건 지극히 감정적인 문제이므로 된다 안 된다를 논하기는 애매한 것 같다. 그러나 그 혐오가 실제 행동으로 옮겨지는 건 좀 다른 문제다. 대부분의 혐오는 배척으로 이어진다. 혐오하는 대상과 같은 시간, 같은 공간에 존재하지 않겠다는 의지의 표현이다. 폭력이나 살해와 같은 혐오범죄는 적극적인 의미에서의 배척이지만, 경제적 능력이나 종교적 정치적 신념 혹은 인종이나 성, 나이 같은 선택 불가한 고유한 성향을 이유로 어떤 공간의 문턱을 넘게 하지 못하는 것도 모두 혐오에 의한 배척이다. 혐오가 팽배한 사회는 불안하지만 배척을 용인하는 사회는 위험하다. 유대인 학살을 시도했던 나치는 그런 사회 속에서 태어났다. 물론 때로는 이해 가능한 혐오도 있다. 범죄나 폭력의 대상이 되었던 이들이 가해자에게 갖는 혐오 같은 것이 그럴 것이다. 그런데 그런 경우의 혐오는 배척이나 제거로 이어져도 괜찮을까.

얼마 전 아이 학교에 학교폭력에 준하는 사건이 있었다. 사건을 전해들은 학부모들의 반응은 다양했지만 천편일률적인 입장도 있었다. 바로 가해학생으로 지목된 아이들을 학교에 못 오게 해야 한다는 의견이었다. 사건의 세부조사가 진행되기 이

전인데도 그러했다. 분리가 문제 해결에 가장 합당한 답이든 아니든 일단 문제(를 일으킨) 학생이 보이지 않아야 문제가 해결될 것만 같았다. 솔직하게 말하자면 나도 가해학생들의 등교 금지에 찬성하고 싶었다. 더불어 해결하는 일의 지난함보다 치우고 배척하는 일의 간단함은 생각보다 매혹적이다. 그런데 그렇게 쫓겨난 아이들은 어디로 가야 하는 걸까.

조금 더 민감한 이야기를 하고 싶다. 성범죄자 알림e 서비스의 역할에 대해 홍보하는 여성가족부의 광고다. 광고 내용을 모르는 이들을 위해 짧게 설명하면 성범죄자가 어린 여자아이에게 말을 걸자 성범죄자가 고지된 우편물을 통해 얼굴을 알고 있던 여자아이가 자리를 빠져나가 늑대가 나타났다고 소리를 쳐서 그를 자리에서 내쫓고, 쫓겨난 그는 어린이가 많은 곳에 취업을 시도했으나 강화된 성범죄자 취업 제한으로 인해 실패했다는 내용이다. 성범죄자 알림e 서비스는 실제 시행되고 있는 제도이기도 하고 성범죄자 고지나 취업 제한의 취지가 재범 방지에 있다는 점을 감안하면 내용 자체는 잘못이라고 보기 어렵다. 그러나 광고를 보고 나면 늘 한 가지 의문이 머리에 생겨난다. 그런데 쫓겨난 늑대는 어디로 가지?

동화 속의 늑대는 애초 사람과 함께 살 수 없으니 저 살던 숲으로 내쫓아버리면 그만이다. 그러나 광고 속 늑대는 비유와 상징을 걷어내고 나면 우리와 같은 공간, 같은 시간을 살고 있는 현실적 존재다. 쫓아낼 수 있는 숲 같은 것은 존재하지 않는다. 우리는 어쩔 수 없이, 혹은 어떻게든 늑대와도 함께 살아야 한다. 그런데 과연 어떻게 살아야 할까. 죄는 미워하되 사람은 미워하지 말라는 격언을 실제 생활에서 지키기는 쉽지 않다. 나는 죄도 무섭지만 사람은 더 무섭다. 그런 맥락에서 궁금할 때가 있다. 늑대였던 사람은 언제까지나 늑대일까. 늑대가 아닌 사람은 앞으로도 늑대가 아닐까.

광고는 전자의 입장을 택하고 있다. 이른바 낙인이다. 그러했으니 또 그럴 것이라는 낙인. 동시에 그 광고는 한 가지 욕망을 드러낸다. 늑대와는 함께 살지 않겠다는 욕망이다. 그리고 그것이 나와는 다른 바람이라고 말하기는 어렵다. 역사적으로 사회는 혐오와 배척을 통해 사회의 안전을 도모하는 경향이 있다. 그러나 그것이 실제 사회의 안전에 얼마나 도움이 됐는지는 알 수 없다. 우리가 시도한 배척은 우리 자신을 향한 배척으로 돌아오기도 한다. 혐오가 난무할 때, 우리는 그 혐오와 어떻게 어떤 방식으로 공존해야 하는가. ✱

꿈조차 꾸지 못하는 아이들

자식을 넷씩이나 낳아놓고, 엄마는 늘 우리집은 아이가 둘밖에 없다고 했다. 이사할 때마다 그랬다. 우리가 얻을 수 있는 집은 집이 아니라 늘 방이었고, 그것도 두 칸 이상은 못 얻고 단칸방이었다. 외따로 대문이 있을 리 없는, 주인집과 날마다 얼굴 맞대고 살아야 하는 그런 방이었다. 얼마 안 되는 세간 다 들여놓을 때까지 우리는 이사갈 집에는 얼씬도 안 했다. 거치적거려서 그렇다고는 했지만, 우리가 거치적거릴 만큼 많은 세간도 아니었다.

반나절도 안 걸리는 이사가 끝나고 나면 그제야 네 남매가 등장했다. 둘이라던 아이가 넷으로 분화해서 나타나도 주인들은 크게 놀라지 않았다. 낳은 애 숫자 줄이는 거야 세 사는 사람들의 기본 거짓말이니 저들도 하나둘 더 나타나는 것쯤이야

새삼스러운 일이 아니었을 것이다. 그래도 화들짝 놀라거나 인상 쓰는 사람이 아주 없지는 않았다. 저쪽에서 뭐라 하기 전에 엄마가 얼른 대꾸했다. 애들이 하도 순해서 둘이나 마찬가지요. 둘이 뭐요. 두고 보소. 애 하나 없는 집 같을 테니. 공부도 을매나 잘하는데, 야는 반장이오, 반장 하면서 내 등짝을 쓰윽 앞으로 밀기도 했다.

공부 잘하는 건 가난한 아이들에게 훈장 같았다. 제 자식 아니고, 제집에 세 들어 사는 아이여도 공부 잘한다고 하면 좋아했다. 셋집 아이 우등상 받아오고, 반장 임명장 받은 걸 집주인이 자랑하고 다니기도 했다. 공부 잘하고, 반장만 맡아도 가난한 집 아이라서 안 좋게 보는 건 재개발 이후에 새로 생긴 고급 아파트 주민들이었다. 가난한 주제에 반장 맡는 건 주제넘은 짓, 제 자식이 그런 집 애들보다 공부 못하는 건 있을 수 없는 일이었다.

가난해도 공부만 잘하면 다 용서되는 학력주의자와 공부를 잘해도 가난하면 용서가 안 되는 계층주의자 중 누가 더 나쁜 사람일까 가끔 농담처럼 생각해보곤 한다. 그리고 지금은 둘 중 누가 더 많을까. 누가 더 많은지는 모르겠지만, 가난해도 공부 잘하는 아이들이 점점 줄어들고 있는 것만은 분명하다. 자본이 꿈을 제한하는 사회, 지금 우리의 현실이다. 제 사는 집보다 넓은 꿈을 꾸는 아이도, 제 사는 집보다 큰 꿈을 이루는 아이도 점점 줄어든다. 꿈은 무슨 꿈. 가족 모두 모여 따뜻하게 몸 누일 한 칸 방이 소원인 아이들도 있지 않을까.

오래전 유례없는 혹한 속에 다섯 살 꼬맹이 손 잡고 집 구하러 며칠 다녔다. 어느 부동산에 들어갔더니 애도 하나밖에 없고 집에서 살림만 하는 새댁이라고 나를 소개했다. 그러하니 집은 깨끗하게 쓸 거라는 흥정이었다. 그 말을 듣고 가슴 한구석이 찌르르했는데, 살림 잘하는 주부가 아닌 탓에 느낀 뜨끔함도 있었지만, 그것보다는 어린 내 손 잡고 월세방 구하러 다니던 엄마 생각이 불현듯 났기 때문이었다.

그때 우리가 살던 방. 보증금이 백만 원은 했을까. 월세는 몇만 원이었을까. 산동네 달동네 다 올라가서 방을 보아도 때로 그 돈이 모자라서 발 동동 구르던 시절. 이사갈 집에 대한 호기심으로 꽉 차서 몰랐던 엄마 심정을 이제야 조금은 알 것 같아 뒤늦게 마음이 서늘했다. 그게 불과 이십여 년 전의 일이다.

그런데 그렇게 방 구하는 엄마들 지금은 없다고 할 수 있을까. 재개발이 대세라 나 어릴 때처럼 기어올라가볼 산동네 달동네도 별로 없는데, 이 계절에 그 엄마들은 어디에서 어떻게 방을 구하고 있을까. 전세가 대란일 때 월세가 평탄할 리 없음을 생각하면 억이 올랐네, 몇천이 올랐네, 기겁을 떠는 전세 대란 기사가 다 사치스럽다. 한쪽은 맘 편히 살 집이 없어 때마다 마음고생인데, 반대쪽에서는 부동산이 욕심껏 오르지 않

고, 재산세, 상속세가 늘어나서 경제가 어려워지고 있다고 성
토 중이다.

찬바람 쌩쌩 맞으며 집 구하러 다녔던 오래전 그날, 다섯 살
꼬맹이가 인생이 뭐냐고 물었다. 우리가 만날 살아가는 모든 날
들이 다 인생이지, 했더니 한숨 길게 쉬며 인생이 이렇게 힘든
건 줄 몰랐단다. 하고 싶은 건 다 못 하고 살아도, 해야 하는 거
못 해본 일 별로 없는 우리집 꼬맹이 인생타령이야 호강에 겨
운 응석이지만, 춥고 추운 날 혹은 덥고 더운 날 어느 가난한
골목의 다닥다닥 붙은 방에서 자라는 어린아이들은 정말로 쓰
디쓴 인생 배우고 있겠지, 생각하면 아찔하다. ✽

요정과 마녀 사이

겁도 많고, 담력이 약하고, 가위도 잘 눌리는지라 세상 무서운 게 귀신 이야기다. 납량특집이 쏟아지는 여름에는 혼자 집에 있을 때 티브이도 잘 켜지 않는다. 혹시라도 그런 유의 프로그램을 보게 될까봐 지레 겁먹어서다. 그러면서도 또 세상 좋아하는 이야기가 귀신 이야기다. 금지된 모든 것들이 원래 유혹적인 것이기 때문일까. 나는 사실 귀신의 존재도 믿는다. 엄마는 내가 아주 어렸을 때 귀신을 본 적이 있다고 했다. 새벽기도에 가던 중이었는데, 내가 다니던 학교 앞에서였단다. 혼자는 아니고 이웃에 사는 교인과 함께 교회에 가는 중이었는데, 갑자기 나타난 여자 둘이 엄마에게 길을 물었다고 했다. 이러저러하게 가라고 알려주고는 걷던 길을 마저 걷는데, 같이 가던 이웃이 느닷없이 웬 혼잣말이냐고 하더란다. 방금 처녀 둘이 길 물었잖소, 하고 돌아보니 아무도 없더라는 이야기. 택시 운전을 오래했던 아버지도 귀신을 차에 태운 적이 있다고 했다. 어느 집 앞에 내려달라고 하고, 차비 가져온다고 들어가서는 영 나오지 않아 따라가보면 제사를 지내고 있더라는 이야기는, 귀신 이야기 중에서는 고전에 속하는 흔한 이야기이지만, 나는 아버지의 말도 믿는다. 실제로 그런 유의 귀신 이야기는 누군가들이 겪은 진실이 반복해서 전해진 건데, 믿지 않는 혹은 믿고 싶지 않은 사람들이 많아 농담처럼 취급될 뿐이라고 생각하는 것이다. 오래전에, 세상을 떠난 아버지의 택시를 타게 되는 장면이 나오는 소설을 쓴 적도 있다. 소설의 형식을 빌렸지만 소설은 아니다. 인생의 어느 한 시절, 나는 정말로 세상을 떠난 아빠를 택시에서 만난 적이 있다. 다른 사람들이야 믿거나 말거나 말이다.

귀신만 믿나. 아니다, 나는 요정도 믿고, 마녀도 믿는다. 구전으로 문학으로 소문으로 전해온 모든 존재를 부정하지 않는 편이다. 살다보면 실제로 그런 존재가 있을 거라고 믿어지는 순간이 누구에게나 한 번쯤은 있지 않나. 그런 의미에서 나는 나에게 한 번도 선물 준 적 없는 산타클로스만 믿지 않는다.

'마녀' 이야기가 나왔으니 말인데, 비리 유치원 명단 공개를 둘러싸고 사립유치원 원장들이 '마녀사냥'을 중단하라고 외친 기사를 꽤 흥미롭게 읽었다. 우리가 아는 '마녀사냥'이란 '확인되지 않은 사안에 대해 여론몰이로 재판하는 억울한 상황'을 의미하는 것일 터인데, 나는 '마녀'라는 글자만 눈에 들어왔다. 내가 제일 먼저 떠올린 마녀는 『헨젤과 그레텔』에 나오는 마녀였다. 아이들이 좋아하는 과자로 집을 지어 유혹하는 마녀, 배가 고파 그 과자를 뜯어먹는 아이를 착취하여 제 영혼을 살찌우는 마녀, 이상한 우연인지 그게 마녀의 정체성인지는 모르겠지만 동화 속 마녀의 저주는 대개 아이들에게로 향한다. 정확하게는 아이들을 이용하여 제 욕망을 채우는 존재로 그려진다. 국가 지원금만큼 원비를 인상하고, 그 원비로 개인의 명품을 구매하고 아이들의 급식비를 빼돌려서 치부를 하는 이들과 닮아도 어딘가 많이 닮지 않았나. 그래서 나는 '마녀사냥'이라는 그들의 말이 혹시 자신들에게 쏟아진 비리와 감사가 억울하다는 항변이 아니라 자신들의 진짜 정체성을 고백하는 말은 아닐까 잠시 생각하기도 했다.

최근 방송되는 '악령'을 소재로 한 드라마들도 그런 면에서 현실세계를 다룬 드라마들보다 때로로 훨씬 더 현실적이다. 〈전설의 고향〉에 나오던 귀신들은 원한이라도 풀러 나왔지, 요즘 드라마 속 '악령'들은 품은 원한도 없다. 그저 제 속의 분노와 억울함만 존재한다. 그마저도 없을 때가 많다. 현실세계에 대입하면 그야말로 '묻지마 범죄'에 가깝다. 그러하니 나는 그 영혼들이 이제 내가 세상에서 마주치는 실체들과 다른 존재라는 생각도 들지 않는다. 한때 나는 '빙의'를 '죄는 미워하되 사람은 미워하지 말라'는 메타포로 이해했다. 그런데 요즘은 과연 죄와 사람이 다른 것인지 헷갈린다. 이성과 마음이 서로 다른 방향을 가리킨다. 그래서 지금 누가 나에게 아직도 귀신을 믿느냐고 묻는다면, 당신은 여태 그것을 보지 못했느냐 되묻기만 할 것 같다. ✽

권력과 폭력

연말에는 주로 좋은 마무리를 위한 몇 가지 방법에 대한 글을 써달라는 청탁을 받는다. 그때마다 나는 첫번째로 용서하거나 화해하려 애쓰지 말자고 쓴다. 세월이 지났으니, 한 해가 끝나가니, 혹은 나이를 먹었으니 하는 이유로 마음이 아물지도 않았는데, 용서하려 애를 써봐야 애쓰는 마음만 다칠 뿐이라는 게 내 생각이다. 화해도 그렇다. 상대는 아직 마음을 열지 못했는데, 내 미안함이나 덜자고 화해의 손을 내미는 것도 폭력이다. 마음이 충분히 아물어, 상처에 앉은 딱지를 건드려도 곪지 않을 때, 그리하여 그가 비로소 용서하고 싶은 마음이 들었을 때를 기다리는 게 옳다. 하지만 그게 쉬운 일은 아니다. 때로는 기다림이 지나쳐 영영 용서받을 수도 화해할 수도 없는 일이 되기 때문이다.

중학교 3학년 때 일이다. 나를 따라다니는 남학생이 있었다. 이름도 모르고, 성도 모른다. 등하굣길이나 복도에서 마주칠 때마다 그 친구들이 우우 소리를 내며 놀리고, 내 주위에서 얼쩡거리기도 했지만 정작 내게 말을 건네거나 하지는 못했다. 그냥 흘끔흘끔 쳐다보다가 새침하게 쳐다보면 얼굴이 빨개져서 사라지고는 했다.

　하루는 수업이 끝나고 친구들과 우르르 집에 가다가 분식집에 들렀다. 분식집에 들어가는 길에 나는 또 그 남학생을 보았다. 나를 발견한 일행들이 우우 소리를 지르기에 예의 새침한 표정으로 잽싸게 분식집 안으로 들어갔다. 그러느라고 마침 그 앞을 지나던 선생님을 발견하지 못했다. 분식집에 가는 일이 교칙에 어긋나는 건 아니었지만, 그걸 엄히 나무라는 선생님도 계셨다. 그 선생님이 그랬다. 다음날 학교에 갔더니 난리가 났다. 분식집에 출입했을 뿐만 아니라 선생님을 보고도 인사하지 않았다는 거였다. 우리가 못 본 체한 거라고 확신하고 계시니 보지 못했다는 말은 통하지 않을 거고, 그 대답이 통한다고 해도 분식집에 간 죄가 있으니 벌을 면할 길이 없었다. 그때 생각난 게 바로 그 남학생이었다. 그래서 궁여지책으로 따라다니는 남학생을 피해서 들어가느라 선생님을 미처 보지 못했다고 둘러댔다.

　그 변명이 더 큰 화를 불러일으켰다. 그때 나는 전교 부회장을 맡은 모범생이었고, 내가 핑계로 내세운 남학생은 성적이 좋지 않은데다 소위 문제 그룹에 있었다. 그 이후의 일은 끔찍했다. 나는 그저 길에 있던 남학생을 피했다고만 했는데, 그 남학생은 졸지에 착한 여학생의 하굣길을 가로막고 행패를 부린 불량학생으로 부풀려져서 학생과로 넘겨졌다. 내가 오해를 바로잡을 틈도 없이 그의 진실은 변명 혹은 거짓으로 간주되었고, 기다리는 건 무시무시한 체벌이었다.

그날 이후 그 남학생의 얼굴이 떠오르지 않는다. 멀리서라도 그가 보이면 내가 먼저 도망쳤다. 사과해야 한다고 몇 번씩 마음을 먹었지만 용기가 없었다. 크게 용기 내어 다가갔을 때, 그때는 그 아이가 먼저 나를 피했다. 당연하다. 나라면 침을 뱉었을 것이다.

살면서 누군가에게 잘못한 일이 어디 그 일 하나뿐일까마는, 나는 지금도 그 일이 마음에 걸린다. 아니 내 거짓말이 무섭다. 그 거짓말은, 나는 '모범생'이고 학교란 사회에서 '모범생'은 하나의 권력이고, 권력은 사실 여부에 우선한다는 사실을 알고 있기에 가능한 거짓말이었다는 생각이 드는 것이다. 물론 사실 여부를 훼손한 권력이 어떤 폭력을 가져오게 될지는 미처 예상하지 못했다. 만약 그것까지 예상했다면 나는 과연 정직했을까. 부디 그랬기를 바랄 뿐이다.

나이를 먹으면서 점점 권력과 무관해진다. 대개의 인생이 그렇듯 나 또한 비범非凡에서 평범平凡을 향해 착실히 걸어가고 있다. 하기야 원래 크게 비범하지도 못했다. 그렇더라도 가끔은 선택하거나 판단하는 권한을 갖게 마련이다. 그럴 때 누구보다 오래 망설이고 고민하게 된다. 내게 유리한 기준을 적용하기 시작하는 순간 그것이 어떤 결과를 야기하는지 조금은 알기 때문이다. 작은 일이건 큰일이건 모두에게 공정할 수는 없겠지만, 혼자에게만 정당한 기준을 갖지 않는 것. 나 자신을 향한 다짐이자 정말 큰 권력을 가진 분들에게 부탁드리고 싶은 말이기도 하다. ❋

가난이 가난과 싸울 때

김치나 장아찌 같은 저장반찬을 만들 일이 있을 때나 주로 찾았던 시장을 요새는 작정하고 다닌다. 대형마트에서 장을 볼 때와 시장에서 장을 볼 때 몇 가지 차이가 있는데 개인적으로 가장 큰 차이는 대형마트에서는 지금 당장 필요하지도 않은 물건을 세일이라는 문구에 혹해 사게 되는데 반해 시장에서는 이 가게 저 가게 돌아다니느라 꼭 사야 하는 물건을 한두 개씩 빼먹고 돌아온다는 것이다. 어느 것이 더 좋은지는 사람마다 다르겠지만 내 입장에서는 필요 없는 것을 산 것보다 한두 개 깜박하고 덜 산 게 나은 것 같다. 소비 효율에서도 그렇고 없으면 없는 대로 살아지는 요령도 터득한다. 시장에 다니면서 한 가지 원칙을 세웠는데, 작은 가게에서 적은 물건을 구입할 때는 웬만하면 현금을 사용하는 것이다. 영세업자들의 카드수수료 부담을 덜어주고 싶어서다. 현금을 내밀 때마다 나는 뭔가 착하고 선량한 시민이 된 기분이다. 그래서 이 원칙도 '성실하고 건강하게 일하는 영세업자'들에게만 적용한다. 카드를 아예 받지 않거나 불친절한 가게는 작정하고 탈세를 하려는, 선의를 받을 자격이 없는 이들이라고 생각한다. 이들은 누군가의 선의를 받을 자격이 없으므로 거래를 하지 않거나 부득불 카드 거래를 고집한다. 나는 그것이 정의라고 착각한다.

비슷한 선의를 나는 하나 더 실천한다. 날씨가 더워지면서 냉장고에 가볍게 마실 수 있는 비타민음료를 조금 여유 있게 챙겨둔 것이다. 택배 기사나 집배원 같은 배달 서비스를 해주는 분들이나 방문 서비스를 해주는 분들을 위한 것이다. 열악한 노동환경에서 고생하시는 분들에게 작은 감사라도 드려야지 하는 마음이다. 그래서 사전 연락이나 안내 없이 아파트 입구에 물건을 놓고 가거나 불친절하게 서비스를 제공하는 분들에게는 당연한 듯 음료를 생략한다. 나는 '열악한 노동환경에서 성실하게 일하는' 분들에게 감사하고 싶을 뿐이다. 그러므로 그건 나의 치사함이 아니라 그분들의 불성실과 불친절이 초래한 결과라고 믿는다. 선택적 선의가 오히려 더 큰 갑질이고 폭력이라는 걸 모르는 것처럼 나는 애초의 '선의'에만 집중한다. 아예 아무것도 안 하는 사람보다는 낫다고 스스로 변명하는 것이다.

어제는 인터넷에 올라온 사진 한 장을 보았다. 날마다 커피를 사들고 도서관에 오는 이에게 '공시생인 것 같은데 매일 커피 사들고 오는 건 사치 아닌가' 하며 상대적으로 박탈감이 느껴지니 자제를 부탁 바란다는 쪽지를 찍은 사진이었다. 이미 작년에 인터넷상에서 화제가 되었던 일이라 하고, 그에 대한 갑론을박이 충분히 있었다 하는데, 나는 그 사진을 보며 뒤늦게 앞서 언급한 나만의 정의, 나만의 선의를 자각한다. 쪽지를 붙인 사람과 상황은 다르지만 노동자의 삶은, 영세업자의 삶과 태도는 어떠해야 한다며 타인의 수준과 태도를 제한했다는 점에서 쪽지를 붙인 사람과 나는 같은 경솔을 저지른 것이리라. 식권 발급받아 쓰는 기초생활수급자가 비싼 식당에서 밥을 사 먹는 게 말이 되느냐며 비난하던 이와 크게 다르지 않은 수준인 것이다. 인터넷상의 여론도 대체로 그런 경솔을 지적하는 방향으로 흘러갔던 것 같다.

그런데 한편으로 그 쪽지를 쓴 주인공에게 다른 사람보다 더 많은 박탈감의 무게가 있던 건 아닌가 하는 생각도 든다. 다른 사람이 매일 들고 오는 저가의 커피마저 닿을 수 없는 사치로 느끼는 사람이라면 기초생활수급자가 정부가 준 식권으로 자신과 같은 수준의 식당에 와서 밥을 먹는 게 불쾌하다고 말하는 사람의 경우와 달리 식권 한 장으로 여러 식구가 견뎌야 하는 사람이 한 장의 식권으로 혼자만 견디면 되는 사람을 부러워한 일일 수도 있기 때문이다.

가난이 가난과 싸울 때, 어느 가난이 마땅하다고 감히 말할 수 있을까. 최저임금법 개정안이 국회 본회의를 통과한 이후 노동계도 재계도 여전히 반발하고 있다. 최저임금 대상자와 영세업자들의 입장은 어떠할까. 긴 싸움이 계속되는 중인데, 가난을 볼모로 가난과 싸우게 하는 싸움은 아니었으면 좋겠다. ✽

'학생다움'을 결정할 자유

아이가 다니는 학교에서 학생 복장규정을 새로 정하는데 학부모 의견 수렴이 필요하다고 해서 회의에 참여했다. 교복 길이, 덧입는 옷의 종류, 화장과 머리 모양 그리고 액세서리에 이르기까지 다양한 규정을 검토하는 자리였다. 참석 여부와 상관없이 의견을 설문으로 제시할 수도 있었으나 사전 논의에서 결정된 내용이 설문에 반영될 거라서 나는 참석을 택했다. 개선하고 싶은 안이 있었고, 복장과 두발의 자율이라는 미묘한 문제에 대해 각각 어떤 입장인지 궁금하기도 했다. 혹시라도 학교에서 '학생다움'을 강조하여 보수적인 결정을 유도하면 적극적으로 아이들 편을 들어줘야지, 홀로 투사인 척 그런 오지랖 넓은 마음도 조금 있었다.

그러나 그럴 필요가 전혀 없었다. 학교가 보수적일 거라는 건 나의 편견이었다. 특히 교사들의 의견은 학생과 학부모, 교사 세 그룹 중 가장 파격적이었다. 안전에 문제가 되지 않는다면 학생들이 원하는 어떤 방향도 동의했다. 어떤 안은 교사들이 낸 안이 가장 파격적이었다. 그렇게 입장이 정해지기까지를 설명하는 교사의 말이 인상적이었다. 이제까지 교사로서 자신들이 지도해온 '학생다움'이 복장과 외모, 태도가 아니었나 생각했다는 것, 그리하여 처음부터 학생에게 무엇이 중요하고, 교사에게는 또 무엇이 중요한지 고민해보았다면서 학생에게 학생다움이란 수업에 적극적으로 열심히 즐겁게 참여할 수 있는 것이고, 교사에게 교사다움이란 그 수업을 준비하고 도와주는 것 그 자체가 아닌가 하는 결론을 내렸다는 것이다. 그 말을 듣는 순간 나는 꺼내놓지도 못한 오해를 삼키며 부끄러웠는데, 한편으로 신선한 감동이 마음에 스며들었다. 이제는 아침부터 치마길이와 명찰, 머리 길이로 인한 체벌로 하루를 시작하는 세대가 아니라는 사실만으로도 조금 밝은 미래를 엿본 기분이었다.

학생들의 입장에는 다소 흥미로운 지점이 있었다. 학급 내의 토의를 거친 다양한 의견들이 나왔는데, 기성세대가 우려했던 것과 달리 지나침을 배제하려는 어떤 기준이 있었다. 무릎 아래 치렁치렁 늘어진 치마도 싫지만 다리 전체가 훤히 드러나는 치마도 적당하지 않은 것 같고, 화장은 하고 싶지만 입술과 피부 정도의 가벼운 화장만 허용하는 게 맞는 거 같고, 액세서리는 나쁠 것 없지만 안전을 위해서 목걸이나 늘어뜨리는 귀걸이는 안 될 것 같다고 하고, 실내화는 귀찮지만 청소할 때를 생각하면 구분해서 신는 게 맞는 것 같다는 의견이 다수를 이루었다. 풀어놓는다고 지구 반대편으로 겁 없이 달려 나갈 아이들이 아니라는 사실에 한편으로는 기특하고, 한편으로는 이 아이들이 가지고 있는 중도의 보수성은 어디에서 기인했는지도 궁금했다. 그것이 스스로 자신의 테두리를 검토하고 정해나가려는 자의 자정능력이라면 바람직하지만 안전한 곳만 골라 디디며 살도록 훈련받은 자의 내성이라면 조금 쓸쓸한 일일 터였다. 그러나 그것이 전자인지 후자인지는 아이들도 모르고 나도 모르는 일. 그래도 토론이라는 과정을 거쳤으니 세상의 다른 의견에 대해서도 인지했을 테고, 그 과정을 통해 조금 넓어진 테두리에서 살다보면 스스로가 결정한 삶을 산다는 게 어떤 의미인지도 깨닫게 되겠지 기대해볼 뿐이다.

복장규정 개정 과정을 지켜보면서 느낀 건데, 현재의 교육제도 개정에 대해서도 학생들에게 물어보면 어떨까 싶은 생각이 들었다. 자사고 존립 여부 논쟁도, 수시와 정시의 장단점에 대해서도, 자유학년제와 진로탐색체험에 대해서도 각각의 교사단체와 각각의 학부모단체만 첨예하게 옳고 그름을 논할 뿐, 지금 그 교육과정을 겪어내는 아이들에게는, 무엇이 불합리한지, 무엇이 부당한지, 어떤 방향을 바라는지는 묻고 있는 것 같지 않다. 교육에 대한 권리가 복장에 대한 권리만 못한 것도 아닐 텐데 말이다. 만약 묻는다면 이 아이들이 어떤 대답을 할지도 궁금하다. 학생 오십 퍼센트 이상의 의견이 나오면 교사, 학부모의 의견과 무관하게 무조건 반영하게 되어 있는 복장규정처럼 학생 오십 퍼센트 이상의 의견이 무조건 반영되는 교육제도가 만들어진다면 어떻게 같고 어떻게 다를지 나는 그 결과도 농담처럼 궁금하다. ❋

출구 없는 삶

생활 반경이 좁은 편이다. 집 근처 마트나 세탁소, 빵집 정도를 뱅뱅 돌며 산다. 대략 이삼백 미터 반경 내외에 있다. 조금 멀리 나가면 시장이나 도서관이다. 버스로 대여섯 정거장 정도 거리인데 자주 걸어다닌다. 어떤 날은 그 거리를 직진으로 가지 않고, 돌아갈 수 있는 최대한의 거리로 돌아서 걸어간다. 그래봐야 걸음 수를 측정하는 앱으로 계산해서 만 보도 채 되지 않는 거리다. 그래도 그 길이나마 걷는다. 미세먼지 경보가 있는 날도, 어떤 날은 마스크조차 하지 않고 걷는다. 왜 그렇게 걷느냐고 물으면 운동하느라 걷는다고 대답하지만 절반은 거짓말이다. 내가 걷는 길은 운동하기에 적합한 길도 아니고, 운동이 될 만한 속도로 걷지도 않는다.

내가 밖으로 나가는 이유는 단 하나다. 신문과 잡지, SNS에서 읽는 세상 말고, 내가 사는 세상의 어떤 실재를 느끼고 싶을 때다. 글을 쓰니 사람들이 작가라고 부르지만 글을 쓰는 직업이란 글을 쓰는 순간에만 직업이고, 쓴 글 중에 대부분의 글은 세상에 닿지 못한다. 소득이 되지 못하는 건 물론이다. 소속이 없으니 동료도 따로 없고, 주위 학부모들과 어울리는 노력을 하지 않는 한 히키코모리형 전업주부의 삶이다. 누군가가 보기에는 세상 편한 삶이고, 누군가에게는 세상 답답한 삶이다. 내 마음은 그 두 가지 사이에서 늘 갈팡질팡하는데, 어느 쪽일 때든 그 삶에서 벗어나고 싶을 때가 있다.

그런 마음으로 나서는 길이라 일부러 사람 많은 지역을 골라서 걷는다. 다행히 사는 지역이 애매해서 그렇게 크게 돌다보면 빌라와 주택이 다닥다닥 붙어 있는 골목과 오래된 재래시장과 대형 빌딩 숲을 끼고 있는 전철역을 다 거치게 된다. 그 길을 걷다 어느 순간 연말이라는데, 세밑이라는데, 반짝거리는 트리 장식도 못 보고, 익숙한 캐럴도 듣지 못했다는 걸 깨닫는다. 트리 대신 나는 시장의 오래된 가게가 하나둘 문을 닫는 모습을 본다. 어느 날은 구석에서 손님이 없어 고전을 치르던 가게도 아니고 가장 좋은 자리에서 손님들로 북적이던 가게가 맥없이 문을 닫는 것을 보았다. 그런 걸 보면 마음이 덜컹 내려앉는다. 저들은 이제 어디로 가게 되는 걸까. 어디가 됐든 밖으로 밀려날 것이다. 자본이 가진 힘은 늘 원심력으로 작용한다. 한 번 밀리면 계속 밀려난다.

국민학교 3, 4학년 때였던 것 같은데, 동네에서 가장 큰 중국집에서 배달을 하던 청년이 12월의 마지막날인가 그전날이던가, 자정이 다 되어가는 시각에 술에 취해 온 동네의 대문을 두드렸다. 모든 집의 대문을 두드린 건 아니고, 외상이 있는 집 대문만 두드렸다. 손으로도 두드리고 발로도 두드리고, 그렇게 해서 열린 대문 안으로 들어가 몸도 제대로 가누지 못하는 채로 외상값 내놓으라고 소리를 질렀다. 끝내 모른 척한 집도 있지만 오밤중 소동에 놀라 여기저기 급하게 돈을 꿔서 외상을 갚은 집들도 있었다. 그 돈을 모두 챙겨 청년이 사라졌다는 이야기는 며칠 후에야 돌았다. 월급 몇 달 밀렸더니 그 사달을 쳤다며 중국집 사장이 혀를 차더라고 했다. 평소에 종업원을 대하는 태도가 좋지 않기로 소문난 사장이었다. 사람들은 그를 사장에 대한 원한으로 주인집 외상을 떼먹고 달아난 겁 없는 청년이라고 욕했다. 나도 그렇게 기억했다. 그가 몇 달의 월급 대신 모욕을 받아야 했던 젊은 임금 체불 노동자이기도 하다는 사실을 깨달은 건 나이를 먹고 나서의 일이다. 그가 그때 가져간 돈은 밀린 월급의 절반도 되지 않는다고 했다. 그 돈을 들고 그는 어디로 갔을까. 아마도 다른 어딘가에서 비슷한 모욕을 또 감당하며 살고 있지는 않을까.

행복은 되풀이되지 않는데, 불행은 반복되는 습성이 있다. 안

쓰럽지만 그 청년의 행동이 옳았다고는 생각하지 않는다. 하지만 무엇이 옳은 방식인지도 여전히 모르겠다. 출구 없는 모욕과 비참만 남아 있을 때, 정의는 어떤 방식으로 움직여야 하는가. 수시로 생각해보는데, 요즘은 이런 질문마저 바닥에 묶인 어떤 삶들에 대한 무례인 것 같아 차마 묻지 못하겠다. ✳

희망은 아프다

영화 〈사랑할 때 버려야 할 아까운 것들〉에서 개인적으로 가장 인상 깊었던 장면은 실연당한 다이앤 키턴이 밤새 노트북을 켜놓고 글을 쓰는 장면이다. 사랑하는 사람에게 차인 아픔을 감당하느라 엉엉 울다가, 그 와중에도 글이 제법 잘 풀리는 게 신나서 손뼉을 치며 웃다가 하는 대목에서 관객들은 폭소를 터트렸다. 나 또한 마찬가지여서 손뼉을 치고 목을 뒤로 꺾어가며 제대로 웃었다. 웃기만 했나. 마음 한구석 뭉클하게 저려오기도 했다. 그 장면은 글을 쓰는 사람의 입장에서는 통쾌하다 싶을 만큼 공감 가득한 순간이었다. 나는 아니, 나도 그랬던 경험이 있다.

다른 분야의 창작을 하는 사람들은 어떤지 모르겠지만 글을 쓰는 사람들에게는 그런 순간이 있다. 생살을 도려내듯 아폰 어떤 순간에 글이 너무너무 잘 풀려서 머릿속이 하얗게 비어지는 것 같은 희열을 동시에 느끼게 되는 순간. 내가 아는 작가들은 대부분 영화를 보고 난 뒤 가장 명장면으로 바로 그 장면을 꼽았다. 영화 속 다이앤 키턴의 웃음을 통렬한 복수극을 드디어 완성했다는 데에 대한 쾌재로 이해한다면 그건 글 쓰는 사람의 심정을 몰라도 너무 몰라주는 얘기다. 그 순간의 희열은 쓰고 있는 글의 내용과 무관하다. 설령 소재가 다른 것이었더라도 그 순간 그렇게 줄줄 글이 풀렸다면 다이앤 키턴은 여전히 울고 웃었을 것이다. 조금 다른 경우이지만 내가 아는 작가 가운데는 '네가 문학을 어찌 알아' 하며 구박을 일삼던 문청에게 차이고, 대체 소설이 뭐기에 날 이렇게 비참하게 만드나 오기로 소설쓰기를 시작했다가 옛 애인 대신(?) 등단해버린 사람도 있다. 실연의 상처를 극복하려고 글을 쓰다가 어느 순간 글 자체에 푹 빠져서 내가 글을 쓰는 게 아니라 글이 나를 이끌고 있다는 환각의 경지에까지 이르고 말았던 것이다. 물론 그의 등단 소설은 옛 애인과 아무 상관 없는 내용이다. 창작을 하는 입장에서 아픔은 이상한 기제다. 심하면 심할수록 뭘 낳아도 낳는다. 그래서 창작의 고통을 흔히 산고에 비유하는 걸까.

졸고들 가운데 개인적으로도 맘에 들고, 독자들의 평도 좋았던 대부분의 글을 나는 제법 암울하고 막막한 시기에 썼다. 심지어는 아버지가 임종을 앞둔 얼마 전에도 나는 소설을 쓰고 있었다. 이미 이 년 가까이 계속된 병구완의 나날로 마음의 준비야 진작 끝나기도 했다. 나는 그날을 잊을 수가 없다. 그때나 지금이나 집에서는 마땅히 글을 쓸 공간이 없어 휴일에도 출근을 했다. 아무도 나오지 않는 텅 빈 사무실은 그러나 저녁이면 무서운 마음이 들어 있을 수 없었다. 해가 저물기 전까지 부지런히 써야 했다. 아버지의 마지막 숨은 이틀 넘게 계속됐다. 그걸 보고 있자니 끝이 보이면서 보이지 않는 어떤 위태로움을 견딜 수가 없어서 또 회사로 도망쳤다. 그리고 마감을 앞둔 소설 파일을 열었다. 감정이 복잡했다. 무섭고 두렵고 뭔가 서러운 생각이 복받쳐서 눈물이 나오는데, 이상하게 글이 잘 풀렸다. 절반쯤 써놓고 풀리지 않아 몇 달째 끙끙거리게 만들던 소설의 나머지 대목이 그날 오후에 다 써졌다. 예상치도 못했던 방향으로, 그 어떤 의도보다도 깔끔하고 정확하고 간결하게 문장이 흘러나갔다. 타이프를 치는 신명에 얼굴 가득 홍조를 띠다가, 아버지에게 제대로 된 작품집 한 번 못 보여드리고 마는구나 서러워 눈물이 흘렀다가. 나중에는 섬뜩한 생각이 들었다. 살면서 몇 번이나 더 이런 순간이 지나가야 제대로 된 글을 쓸 수 있을까 생각하니 무섭기도 했다.

요즘은 그런 순간이 찾아오지 않는다. 크게 아픈 순간도 없고, 흥이 나도록 글이 풀리지도 않는다. 비교적 평온하고, 어중간한 날들이다. 아니다. 내가 무척 막막하게 지낸 시간들과 견주면 지금의 나날은 매우 훌륭하다. 딱 한 발자국만 더 내딛으면 한 단계 발전된 또다른 세상 속으로 들어갈 수 있을 것 같기도 하다. 그런데 그 발자국이 좀처럼 디뎌지지 않는다. 발을 쭉 뻗어보기는 하는데, 닿을 듯 닿을 듯 닿지 않는다. 그러다보니 짜증만 난다. 예전에 글을 쓸 때는 시간만 견디면 됐는데, 요즘은 지금 쓰는 글이 나를 다음 단계로 도약시켜줄까 아닐까 그 생각을 버릴 수가 없다. 대체 뭐가 달라진 건지 곰곰 생각해보니 원인은 희망이다. 그렇다. 나는 희망을 앓는 중이다.

　절망의 순간은 쉽게 포기로 이어진다. 포기하고 나면 아플 것이 없다. 부끄러울 것도 없다. 배 째라 혹은 냅둬라 정신만 남는다. 나는 그때 어느 방향이든 상관치 않고 전력 질주해서 뛰기만 했다. 시간아 어서 가라, 세월아 얼른 늙자꾸나 하는 마음만 들었다. 그런데 어느 순간 희망이 보이기 시작하자 갑자기 뛰던 발걸음이 멈칫거려졌다. 이 방향으로만 뛰면 되는 건가. 이렇게 뛰기만 해도 되는 건가. 한 가지 의심은 만 가지 근심을 불러온다. 다리에 통증도 느껴지고, 숨도 턱에 차오른다. 결승점이 어디든 상관없이 뛰었는데, 이제 와서 새삼 결승점이 있기는 한지, 얼마나 멀리 있는지 짜증이 북받친다. 남은 것이 없는 바닥이라 평온하던 절망의 순간보다 더 괴롭다. 당연한 감정이다. 조난자들이 구호의 목소리를 듣는 순간 참고 견디던 모든 고통과 불안을 동시에 느끼는 것과 같은 이치일 것이다.

희망이 외려 아픈 것이라는 것을 새삼 느끼면서 꿈은 꾸는 자의 몫이 아니라 컨트롤하는 자의 몫이라는 생각을 한다. 성장에도 통이 있고, 씨앗도 싹을 틔우기 위해서는 엄청난 발아열을 견뎌야 한다. 마라토너들은 달리다보면 심장이 터질 것 같은 사점死點과 만나게 된다고 한다. 그 사점을 통과하고 나면 다음은 비교적 쉽게 달리게 된단다.

아프고 괴롭고 불안하고 막막한가. 그렇다면 그것은 당신의 삶이 성장하고 있다는 증거다. 도망치지 마라. 원래 희망은 아프다. 그래서 꽃이 피는 것이다. ❃

이 자리에 원래 놓아두고 싶던 글이 있었다. 「한 마을과 두 갈래 길을 지나는 방법에 대하여」라는 긴 제목이 붙은 소설이다.

내용을 간략히 소개하면 이렇다. 붉은 길과 푸른 길, 두 개의 길이 있는 마을이다. 붉은 길은 마을로 들어오는 길 그리고 푸른 길은 떠나는 길이다. 그 마을에 도착한 사람은 누구나 붉은 길에 사는 여인에게 자신의 소망이나 꿈, 비전을 새긴 비단을 받게 되고, 마을을 떠날 때는 푸른 길에 사는 그 마을의 이야기꾼에게 그 비단에 새겨진 자신의 삶을 우리고 새겨 만든 단 하나의 이야기책을 받게 된다. 두 사람은 이야기꾼이 마을을 처음 찾아와 비단을 새긴 날을 제외하고는 단 한 번도 만난 적이 없다. 어느 날 드디어 마을을 떠나게 된 여인이 이야기꾼을 찾아온다. 그녀에게는 읽어줄 비단이 없다. 대신 그녀는 자신이 만들어주었으나 다른 이들과 달리 주지 않았던 이야기꾼의 비단을 가져온다. 이것은 내 마음이에요, 여인이 이야기꾼에게 말한다. "사람들의 마음을 가지고 수를 놓는 일, 새겨진 수의 매듭을 풀어 이야기를 만드는 일. 그게 우리들의 일이고, 운명이죠."

한 편의 동화와 같은 이 이야기를 나는 작가가 된 지 얼마 되지 않았던 시절에 썼다. 쓰는 동안은 몰랐는데, 쓰고 나서도 몰랐는데, 한참의 시간이 흐른 후, 그러니까 소설만큼이나 많은 산문을 쓰고 난 후 나는 이것이 나 자신에 대한 우화임을 깨달았다. 나도 미처 몰랐던 작가로서의 내 운명이자 태도였던 셈이다. 한참의 시간이 지난 후에 나는 나도 모르게 쓴 한 편의 우화를 읽으며, 이 책의 앞부분에 수록된 산문의 시절이 이야기를 창조하는 소설가로서의 나와 어떻게 이어지는지를 생각해보고 있다. 나에게는 산문의 세계와 소설의 세계가 따로 있지 않다. 모든 것이 허구이며 또한 모든 것이 진실이다.

에필로그를 대신하여 앞서 소개한 글을 싣고 싶었는데, 실을 수 없게 되었다. 언젠가 다른 기회에 그 글을 읽어드릴 기회가 있기를 바라면서, 대신 내가 처음 소설가가 되었던 순간에 대한 이야기를 하려고 한다. 나는 공모를 통해 소설가가 되었는데, 심사를 맡은 분이 두 분이었다. 그런데 사실 그들이 원했던

제1의 작가는 각각 따로 있었다. 두 분은 이견을 좁히지 못했고, 긴 토의 끝에 두 분이 합의한 2등이었던 나에게 기회를 주기로 했다는 후일담을 전해들었다. 거부당한 자로서 선택 받은 셈인데, 나는 그 출발의 의미를 내내 마음에 새기고 있다. 그것이 내가 써야 하는 글의 의미라고도 생각한다.

이제 이 글이 어디까지 어떻게 닿을지 모르겠다. 많은 곳에 닿았으면 좋겠다. 그래서 나와 같았던 마음들을 만났으면 좋겠다. 혹여 다 만나지 못하더라도, 그러나 나는 언제나 실패에서 출발한 사람이라는 것을, 그것이 나를 여기까지 데리고 왔음을 잊지 않으려고 한다. 나는 시간의 힘을 믿는다. 생존이란, 삶이란 순간이 아니라 영속성을 가진 시간을 가리키는 거라고 믿는다, 그러므로 살아 있는 당신들, 살아갈 당신들이 저마다의 힘으로 끝내 버티기를. 나는 가늘고 길게 쥔 펜으로 앞으로도 계속 당신들을 쓰고, 나를 쓰고, 이 삶을 기록해볼 작정이다. ✳

지은이 **한지혜**

서울에서 태어나 자랐다. 경향신문 신춘문예에 당선하며 작품 활동을 시작하였다. 소설집으로 『안녕, 레나』와 『미필적 고의에 대한 보고서』가 있으며, 일간지를 비롯한 여러 매체에 칼럼을 기고하고 있다.

참 괜찮은 눈이 온다
나의 살던 골목에는

초판 1쇄 발행 2019년 10월 21일
초판 5쇄 발행 2020년 4월 15일

지은이 한지혜 | 펴낸이 신정민

편집 신정민 강건모 | 디자인 이보람 | 저작권 한문숙 김지영 이영은
마케팅 정민호 김경환 | 홍보 김희숙 김상만 지문희 우상희 김현지
모니터링 이희연 황지연 | 제작 강신은 김동욱 임현식 | 제작처 상지사

펴낸곳 (주)교유당
출판등록 2019년 5월 24일 제406-2019-000052호

주소 10881 경기도 파주시 회동길 210
문의전화 031) 955-8891(마케팅) | 031) 955-3583(편집)
팩스 031) 955-8855
전자우편 gyoyudang@munhak.com

ISBN 979-11-90277-12-9 03810

이 도서는 한국출판문화산업진흥원의 '2019년 출판콘텐츠 창작 지원 사업'의 일환으로 국민체육진흥기금을 지원받아 제작되었습니다.